PAULA TOYNETI BENALIA

O SOL DA MINHA VIDA

1ª Edição

2024

Direção Editorial:	**Arte de Capa:**
Anastacia Cabo	glancellotti.art
Preparação de texto:	**Diagramação:**
Patrícia Oliveira	Carol Dias

Copyright © Paula Toyneti Benalia, 2024
Copyright © The Gift Box, 2024

Todos os direitos reservados.
Nenhuma parte do conteúdo desse livro poderá ser reproduzida em qualquer meio ou forma – impresso, digital, áudio ou visual – sem a expressa autorização da editora sob penas criminais e ações civis.
Esta é uma obra de ficção. Nomes, personagens, lugares e acontecimentos descritos são produtos da imaginação da autora. Qualquer semelhança com nomes, datas ou acontecimentos reais é mera coincidência.

Este livro segue as regras da Nova Ortografia da Língua Portuguesa.

CIP-BRASIL. CATALOGAÇÃO NA PUBLICAÇÃO
SINDICATO NACIONAL DOS EDITORES DE LIVROS, RJ
Gabriela Faray Ferreira Lopes - Bibliotecária - CRB-7/6643

B393s

Benalia, Paula Toyneti
    O sol da minha vida / Paula Toyneti Benalia. - 1. ed. - Rio de Janeiro : The Gift Box, 2024.
    174 p.

    ISBN 978-65-5636-333-2

    1. Romance brasileiro. I. Título.

24-92412   CDD: 869.3
                        CDU: 82-93(81)

Este livro é dedicado à minha filha, luz da minha vida, meu sol, aquela que aquece meu coração e transforma todo o medo em um lindo pôr do sol. Eu te amo, Ana Liz, muito mais do que cabe em mim.

"*Duvida da luz dos astros,*
De que o sol tenha calor,
Duvida até da verdade,
Mas confia em meu amor."
William Shakespeare

PRÓLOGO

Londres, 1804

Tavernas escuras, cheirando a bebidas fortes e carregadas de promiscuidades eram comuns nas partes mais pobres de Londres.

Ali os homens se divertiam quando suas mulheres iam dormir, quando suas noivas deitavam na cama sonhando com o dia do casamento ou quando queriam esquecer uma paixão.

Jogos, bebidas, nudez e muito mais... Todos já sabiam daquelas casas também conhecidas como "casa de felicidade".

Os lugares eram estratégicos, em ruas escuras e afastadas. Alguns mais elegantes para receber duques, marqueses, viscondes; outros, que recebiam meros operários.

Naquela noite, em algum lugar afastado, em uma delas, um dos duques mais importantes de Londres abria a porta pesada de madeira, escutando seu rangido.

Ele ia em busca de uma bebida forte. Não estava com o coração para mulheres nem com cabeça para jogos. Precisava de algo que o fizesse esquecer o dia anterior, curasse seu coração e alegrasse sua alma. A bebida era a resposta para o que procurava.

A "casa de felicidade" era o bálsamo que Simon precisava naquela noite fria. O começo do ano sempre era gélido e naquele ano o inverno parecia castigar ainda mais.

Talvez fosse porque ele sentia seu coração se congelar a cada segundo. Sempre fora um homem de coração caloroso. Os amigos riam em muitas situações de como ele conseguia ser generoso, bondoso e amigável. E ele gostava se ser assim. Entretanto, agora poderia apalpar seu peito congelando-se junto do inverno da cidade.

Adentrou o espaço e sentiu o ar quente da taverna, mas seu corpo se arrepiou ainda mais gélido. Ele congelava a cada instante.

O som das risadas ecoou no seu ouvido. Era ensurdecedor, porque era o som da alegria.

Apertou seus dedos. Sentia raiva, ódio. Tinha vontade de matar um homem naquele momento. E esse homem tinha um rosto familiar.

Sentiu nojo de si mesmo porque tinha vontade de matar uma mulher também. Sabia que não era normal se sentir assim. E seu peito ficou um pouco mais frio. A cada segundo mais frio.

Se alguém passasse por perto, talvez pudesse sentir.

Com o cotovelo, empurrou a porta e a fechou atrás de si, então de repente os risos cessaram! Rapidamente! Um a um!

Os olhares se tornaram um só! Um único foco!

Estavam todos voltados para seu rosto.

Como um turbilhão, seus pensamentos voltaram para os dias que antecederam aquela semana. Os mesmos olhares, a mesma forma: um misto de pena, sarcasmo, piedade, vergonha, desdém...

Eram tantos sentimentos ruins misturados, mas no fim significavam o fracasso de um homem. O seu fracasso.

O duque de Western há tempos era respeitado por seu ducado importante, suas terras riquíssimas, seu poder perante o rei, mas agora era um homem que se resumia a uma única lembrança. A lembrança do fracasso.

O fracasso de ter sido abandonado por sua noiva, no dia da festa do seu casamento, perante o padre que esperava para consumar a união, na frente de homens importantes, na frente de amigos e familiares. E, principalmente, sob os burburinhos de que a mulher da sua vida tinha ido embora com o seu irmão.

A vontade de beber algo que aquecesse seu corpo se dissipou. Seu sangue turvou-se em ódio. E todo o restante que havia de vida dentro do seu ser congelou por completo.

Seu coração virou uma pedra fria. Parou de senti-lo pulsar. Nem o verão, com o sol escaldante de Londres, poderia ser capaz de derreter algo dentro de si.

Ele era gelo puro!

Capítulo Um

SIMON

Um ano depois... e alguns dias... e horas talvez...
— Carlos — gritei.

Era sempre assim. Tudo aos gritos. Como se a paciência estivesse perdida em algum lugar. E me irritava como demoravam a me atender.

Ele apressou-se a vir e a incoerência disso parecia clara aos outros. Não a mim!

— Diga, milorde — falou, fazendo uma curta reverência ao abrir a porta do escritório, o cômodo mais alto da torre.

Não era o lugar que escolheria para um escritório. Entretanto, mudei os rumos da minha vida no último ano e isso o incluía.

Gostava do meu refúgio, porque, mesmo no alto da torre, ele não tinha janelas e era escuro. Eu me sentia fechado do mundo. Era bom. A solidão era reconfortante. Mas infelizmente um duque tinha deveres que não se resumiam às paredes de uma torre. Iam além e isso incluía jantares, bailes, eventos sociais dos quais eu não participava havia muito tempo.

Um duque precisava e tinha que ser diplomático. Era nesses eventos que se faziam bons negócios, parcerias e amizades que ajudariam no parlamento. E meus laços com o rei, que outrora eram firmes, estavam abalados por minha reclusão.

Isso estava custando a minha cabeça nos negócios e no poder. Precisava recuperar o lugar que sempre fora meu. O meu poder de chegar a um ambiente e ser respeitado. Precisava apagar de uma vez por todas o incidente infeliz que atormentava minha vida, meus sonhos e atingia meu orgulho todos os dias.

— Encontre-me uma esposa — falei sem rodeios, olhando desenhos de cavalos que acabara de fazer espalhados sobre a escrivaninha de madeira de peroba.

Meu amor por esses animais crescera nos últimos tempos. Principalmente porque eles podem ser domesticados.

Olhei para um que desenhei pela manhã. Seus pelos eram claros e ele tinha olhos azuis.

Ergui o papel para o meu lacaio.

— Consiga-me uma mulher parecida com esse animal.

Seus olhos se arregalaram, as sobrancelhas arquearam e a boca se abriu em espanto. Dificilmente Carlos se espantava com alguma coisa vinda de minha pessoa. Já estava acostumado com minhas peculiaridades.

— Meu senhor, desculpe a indiscrição, mas procura uma mulher ou um animal? Estou confuso e tenho lido sobre essa moda entre aristocratas... ehhh... compreenderei...

Seu rosto se avermelhou e a confusão de suas palavras poderiam me ter feito gargalhar. Em outra época. Agora só me trouxeram mais raiva. Eu gostava que compreendessem o que eu falava sem muitas explicações.

— Uma mulher. Bonita e domesticada como esse animal. Quero alguém de uma linhagem perfeita. Verifique dez gerações de seus antepassados se for preciso e olhe a reputação da família a fundo. Prefiro que tenha o mínimo de parentes vivos para que não tenhamos problemas, o pai deve ser um duque respeitado, mas que por algum motivo precise do meu dinheiro para manter a família toda em minhas rédeas. Quero uma mulher linda como esse animal, que seja educada e que pense até para piscar, ou melhor, que não pense muito, que seja disciplinada, domesticada e que não use muitas palavras. Quero alguém que entre em eventos sociais comigo e seja notada por sua beleza e sofisticação, mas não notada o suficiente para se sobrepor a mim. Preciso recuperar meu lugar em Londres. E uma mulher será fundamental para isso, porque foi uma que me derrubou, então será uma que me levantará. Só assim vou recuperar meu respeito. — Parei de falar e respirei. Tinha despejado as palavras como um louco. — Compreende, Carlos?

— Milorde, Londres é uma grande cidade, mas estamos restritos a poucas opções com tantos obstáculos que colocaste. Receio que precisarei de tempo...

— Tem uma semana — interrompi-o. — Uma semana para trazê-la aqui e acertarei os detalhes.

Eu poderia escutar seu coração acelerando. Ele engoliu em seco. E a excitação tomou conta de mim.

Era prazeroso deixar as pessoas nervosas e desafiá-las, principalmente quando se ficava muito tempo trancado em uma propriedade no campo cuidando de números e desenhando cavalos. Era tedioso.

Joguei meu corpo na cadeira de veludo bege com encosto suave em que estava sentado e observei o pobre homem sair em busca de sua missão.

Voltei aos meus afazeres pelo resto do dia, sem ver a luz do sol. Ele costumava me informar. De alguma forma, o sol me lembrava da alegria, da felicidade e eu era mais adepto da noite.

Perdi a noção do tempo e meus olhos já pesavam do cansaço quando meu lacaio pediu licença para entrar no ambiente novamente.

Dessa vez tinha pergaminhos nas mãos e um semblante amistoso. Ele tinha encontrado algo.

A preocupação faz com que os homens movam o mundo. Prazos restritos os motivam.

— Milorde, trouxe-lhe algumas opções.

Afastei meus papéis na mesa, dando-lhe espaço para colocar os seus.

Ele estendeu todos os rolos de pergaminho e escolheu um, abrindo-o.

— Ah, sim. Esta é uma escolha interessante. Filha do oitavo duque de Bedford, uma linhagem antiga e importante. Boa influência na sociedade, grandes propriedades, todas produtivas e Valéria é sua única filha.

— Algo de que o duque necessite? Ou queira? Alguma riqueza, dívidas? Algo que o faça dependente do casamento da filha?

Ele negou com a cabeça.

Puxei a folha e rasguei, jogando o pedaço de papel na lareira que estava acesa na tentativa de aquecer o ambiente. Era inverno, se é que isso importava. Havia muito tempo que o calor não consumia meu corpo.

Ele estendeu o próximo, e o próximo, e o próximo. Bons partidos, entretanto todas filhas de duques importantes que não precisavam de alguém que cuidassem de si.

— Ora, tenho este último, mas creio que não interesse ao milorde.

— Se o trouxe, mostre-me — ordenei.

— Ana, filha do falecido duque de Norfolk. Perdeu o pai há dois meses, vítima de um duelo. O irmão mais velho assumiu o ducado da família e perdeu tudo em uma aposta de jogo por um grande amor. Deve até as calças que veste. A mãe está acamada e precisa de cuidados que estão cada vez mais escassos devido à falta de dinheiro da família. Os credores fazem filas na porta ameaçando a família que teme perder o teto que cobre as vossas cabeças e Gabriel procura um marido para a irmã na tentativa de supri-los.

— Mas temos uma família de escândalos. Do que isso me serve, homem? — falei irritado.

— Hum-hum! — Ele limpou a garganta. — Devo falar de Ana, milorde. Nascida na época de berço de ouro da família, teve as melhores preceptoras que Londres já ouviu falar. Muitas vindas de outros países que lhe ensinaram tudo sobre o mundo, outros idiomas, culturas, a arte da costura, bordados, música... Tem uma educação única e uma beleza inquestionável. Dizem que foi criada para cuidar da casa, dos filhos, das contas e se portar em todo evento social, conseguindo agradar até o rei, quando o pai oferecia os jantares. Foi disputada por muitos lordes e, quando iria ser seu primeiro *debut*, onde fariam filas para pedi-la em casamento, seu pai faleceu. Deixando todos nessa lamentável situação.

— Não sei. — Balancei a cabeça. — Escândalos na família, irmão desajustado e uma mulher inteligente ao que me parece. Nada do que lhe pedi.

— Quer ao menos conhecê-la? Fui visitá-los e a forma como ela se coloca ao mundo é impecável. Creio que não ficará decepcionado.

A ideia não me parecia agradável. Eu não almejava fazer uma seleção. Queria uma esposa adequada na minha frente e problema resolvido. Mas as coisas nunca eram fáceis.

— Se não temos opção, traga-a aqui. Se não servir, vamos buscar um cavalo em outro celeiro. A filha de um marquês ou de um conde se for o caso.

Ele me pareceu confuso.

— Milorde, pretende comprar outro cavalo?

Balancei a cabeça, inconformado por sua falta de percepção.

— Talvez, Carlos, para colocá-lo em seu galope e enviá-lo para Escócia.

— Jamais o abandonaria ou trairia, milorde — falou de forma sincera.

Em outros tempos, eu também poderia ficar comovido. No momento fiquei penalizado por ver tanta fidelidade a um duque que o tratava com tanta frieza e sarcasmo. E, no fundo, agradecido por sua lealdade. Eu precisava ao menos que ela existisse entre meus criados. Outra traição não seria esquecida.

Perguntei-me se alguma delas fora enterrada, esquecida era impossível.

Eu havia sido traído com punhais afiados pelas costas por todos que amei e tentava a preço de sangue enterrar as memórias e seguir em frente.

Era isso que faria.

Capítulo Dois

ANA ELIZABETH

Distante dali, talvez não tão distante assim, digamos que separados por uma estrada de terra bem curta que levava até Londres...

— Ana. — Meu nome saiu quase imperceptível dos lábios da minha mãe, mas eu estava ali debruçada sobre a cama em que ela convalescia e poderia escutá-la me chamando mesmo com um olhar.

— Estou aqui, mamãe, não se preocupe. Não tenho compromissos nesta manhã e permanecerei ao seu lado.

Um viés de sorriso se formou em seu rosto cansado. A cor do seu rosto sumira. Era como olhar um quadro exposto ao tempo, que dia a dia perdia o brilho pelas amarras do tempo.

Os cuidados médicos estavam cada vez mais escassos. Todos que vinham visitá-la se cansavam de fazer caridade e o dinheiro para pagar por seus trabalhos já não existia.

Gabriel perdera tudo na maldita aposta que colocara as nossas vidas na miséria. Nos últimos meses, os empregados tinham partido e contávamos o mísero dinheiro que sobrava para comprar pão.

Gabriel... Gabriel... Como pôde ser tão tolo? Apostar tudo que tínhamos — que não era pouco — em um jogo de cartas, por uma mulher?

Reparti ao meio o pão que estava ao lado da cama sobre a cômoda e levei até ela.

Era um simples pão, e parecia apetitoso. Talvez fosse porque eu não comida havia dois dias, temendo que lhe faltasse comida e também porque havíamos recebido o convite para um baile de máscaras naquela noite do conde de Cambeler. Eu poderia me fartar dos alimentos servidos.

Pensei com alegria que ao menos os convites para os bailes ainda chegavam.

Suspirei fundo, talvez por alívio, lembrando que era um evento de máscaras. Eu poderia ir sem ser reconhecida. Não estava com ânimo para a sociedade londrina e suas formalidades. Só precisava me alimentar e nada mais.

— Preciso falar com você. — Assustei-me com as palavras de meu irmão. Não o tinha visto entrar no quarto.

Assenti e dei um beijo nas mãos de mamãe antes de deixar o quarto o acompanhando.

Ele tinha soberba e autoridade enquanto caminhava. Uma palavra sua e todos obedeciam, mesmo tão jovem. E, mesmo assim, tinha sido tolo por uma única mulher. Como os homens eram fracos. Talvez tivesse sido o peso do ducado colocado em seus ombros tão jovens, mas não... Era tolice pura.

Ele entrou no seu pomposo escritório, a fortaleza onde se escondia cada vez mais, evitando sair, devido às ameaças constantes dos credores. O teto em que estávamos era tudo que restava.

— Vamos perder a mansão se não pagarmos as dívidas até o próximo mês — falou diretamente, sem rodeios.

Seus dedos percorreram os cabelos, bagunçando-os todos. Ele parecia cansado.

— Não podemos deixar mamãe ao relento. Ela não resistirá — falei desesperada.

Eram muitos golpes para uma única mulher. A antiga Laura que todos conheciam como uma mulher linda, gentil e cheia de vida estava enterrada em uma cama, vencida pelos pulmões fracos e pelas doenças que a atacavam. As da alma eram as que mais a corroíam.

— Sei disso, não precisa repetir todos os dias, Ana. Você precisa se casar com um homem importante e com muitas riquezas. Será nossa solução.

Abri um sorriso de desgosto. Como era petulante. Senti vontade de dar-lhe umas palmadas. Era o que ele merecia.

— Como vou casar-me sem um dote, com alguém rico? Você que deveria procurar uma louca que aceite o seu ducado como recompensa e lhe pague um bom dote por isso.

Ele balançou a cabeça negando.

— Isso não está em negociação, Ana. Vai se casar. Você é uma mulher linda, deslumbrante e educada para se casar até com um rei. Foi para isso que foi criada.

Sim, claro. Eu era um objeto que foi polido por anos para ser vendida no momento oportuno.

— Vou pedir que espalhem entre os homens importantes que você procura um marido e farei as negociações. Só esteja aberta a elas.

— Não pode fazer isso! — falei firme dessa vez, minha voz beirava um grito. — Não tem esse direito.

— Verá que tenho. Ou terá a opção de ser mandada para alguma casa como preceptora de alguém, sem chances de um bom casamento e sem ver sua mãe nos últimos dias que lhe restam. Ela deve morrer na casa de algum parente distante.

— Fala como se ela não fosse sua mãe, Gabriel. Como pode ser frio dessa forma?

Ele me encarou. Dessa vez seus olhos estavam mais gélidos do que o normal.

Algo tinha se desfeito dentro do coração daquele menino bondoso que eu tanto amava.

— Com o tempo, você aprenderá que sentimentos não têm espaço entre a nobreza. Dinheiro e poder é tudo que importa.

— Sentimentos importaram a você quando perdeu tudo que tínhamos — acusei-o.

— Chega! — gritou, repreendendo-me. — Nunca mais vai tocar nesse assunto dentro desta casa. Eu a proíbo.

Silenciei-me. Era sempre assim. Nunca que eu venceria um duque, mesmo que ele fosse meu irmão. Os homens sempre diziam a última palavra e éramos criadas para nos calarmos. A educação que recebi sempre me ensinara isso a duras perdas. Por que algo dentro de mim fervia para me rebelar? Por que não ser como tantas outras que aceitavam de bom coração?

— Deixe-me a sós e não saia de casa até que esteja com um noivo que lhe arranjarei. Compreende?

Assenti novamente, querendo ir até ele e chacoalhá-lo para ver se acordava e voltava a ser o Gabriel bondoso que era meu irmão. Aquele estranho em minha frente não era meu irmão. Era um duque frio e insensível.

Fiz uma reverência pedindo licença e corri até minha mãe. Ela dormia, então deixei que as lágrimas rolassem por meu rosto.

Eu faria o que fosse preciso para salvá-la. Era esse meu destino.

Quando anoiteceu, avisei que me retiraria para o meu quarto, pois não me sentia disposta aquela noite e me preparei para o baile de máscaras. Eu iria escondida e aproveitaria uma última noite como dona de mim, sem regras, sem conduta, sem marido. Depois retornaria para uma vida infeliz, para casar-me com alguém que me faria infeliz.

Procurei entre os vestidos que tinha, mas nada me pareceu adequado para meu estado de espírito. Eram sem graça, pálidos, como uma boa moça usaria. Mas naquela noite eu não seria uma boa moça. Naquela noite eu não seria a Ana. Sentia-me uma *Ofélia* da tragédia de Shakespeare, tão dócil e gentil, sofrendo pressões exercidas por sua família, mas com um desejo dentro de si que a levara à loucura. Eu esperava por meu *Hamlet*, que seria o responsável por minha morte trágica, dia a dia. Não a perda da minha vida, mas a do meu ser que se entregaria como objeto a um homem.

Eu amava ler sobre as tragédias e os romances descritos por Shakespeare.

Escolhi um vestido amarelo pálido, sem graça, mas que de todos os outros ainda se destacava.

Escolhi entre as máscaras que tinha uma dourada de pedras que cobria todo o meu rosto, deixando-me irreconhecível e, depois de prender os cabelos, saí pela porta dos fundos da casa sem ser notada.

A residência dos anfitriões daquela noite ficava a curta distância e caminhei vagarosamente até lá. Não poderia me dar o luxo de alugar uma carruagem.

Entrei na bela mansão discretamente, enquanto o duque e a duquesa anunciavam um convidado importante, e me afastei para um canto reservado, onde as comidas estariam dispostas sem chamar a atenção.

Parei para olhar um quadro que se dispunha em uma grande parede do salão. Sorri com a coincidência. Nele retratado, Ofélia mergulhava morta no rio entre as flores. O pintor parecia ter muita sensibilidade ao retratar a obra. A tela parecia tão viva, contrastando com o retratado.

Fiquei olhando fixamente para a imagem por algum tempo, até ser despertada por uma voz rouca e masculina.

— Mulheres não deveriam apreciar obras de arte trágicas como essa — ele afirmou.

Sem me virar, respondi:

— Os homens não deveriam se intrometer onde não são chamados, um lorde não deveria conversar com uma dama sozinha afastada de todos, as mulheres não deveriam ter pensamentos, inteligência, sarcasmo, vontade própria...

Era tão irritante. Era humilhante. Era como o quadro: trágico.

Virei meu olhar para o lado, vislumbrando as velas nos candelabros e por fim resolvi olhar para o estranho que atrapalhara meus pensamentos e minha solidão.

Ele vestia uma máscara toda negra que pegava seu rosto por inteiro, tornando-o irreconhecível. Eu parecia não ser a única a querer esconder minha identidade naquela noite.

Seus olhos eram negros e me encaravam sem ressalvas.

Ele era alto, deixando-me com a sensação de estar indefesa a sua frente. Seu olhar me intimidava e, pelo corte perfeito do seu casaco, era alguém importante.

Vivendo na nobreza, aprendíamos a conhecer os homens e as mulheres pelas roupas que vestiam.

Em *Hamlet* já se dizia "porque a roupa revela o homem".

Mas naquela noite eu não estava interessada em descobrir quem estava por trás daquela máscara.

— São tantas coisas que as damas não podem fazer nesta sociedade que me cansam. No fundo me lembro que sou só uma mulher e não tenho vontade alguma de ser uma dama. Isso lhe parece um crime? — indaguei.

Já que permaneceria sendo incomodada por ele, ao menos sua opinião deveria ser exposta.

— O único crime que vejo é de uma mulher incompreendida.

Suas palavras me surpreenderam. Lordes não deveriam ser adeptos a opiniões femininas, ainda mais quando eram tão rebeldes.

Talvez eu estivesse enganada e ele não carregasse consigo algum título da nobreza. Talvez fosse um escritor, um artista... Eles costumavam ter ideias mais distintas.

Corrigi novamente meus pensamentos. Não importava quem ele fosse. E a máscara talvez fosse a resposta para tanta compreensão que partia dele. No meu caso, ela me dava coragem e permitia-me me expor daquela forma.

— Acredita que Ofélia tenha sido capaz de tirar a vida? — perguntou-me, olhando para o quadro que instantes antes eu admirava.

— Creio que a vida ingrata tenha tirado sua vida. A morte foi seu descanso.

— Mas era considerada louca — afirmou, sem tirar os olhos dos meus.

— Talvez loucos estivessem todos à sua volta e ela fosse a única com a mente sã. Creio que seja um ponto de vista, meu senhor. Neste caso, considero que na atualidade todos enlouqueceram.

Como poderia eu compartilhar ideias que nunca havia dito a ninguém com um estranho? Fiquei me perguntando depois de desferir palavras que eu nunca diria se estivesse em meu rosto.

A ideia de que me mandariam para um manicômio ou até para a fogueira me fez sorrir. As mulheres não deveriam pensar tais coisas. Muito menos dizê-las.

Isso fez com que ele abrisse os lábios levemente, compartilhando meu sorriso. Mas era algo mais. Era como se ele compartilhasse meus pensamentos, segredos e me compreendesse.

Era uma sensação estranha... Conheci-o há instantes, mas pareceu ser um velho conhecido e amigo.

Era uma pena que não pudesse me expor e que talvez aquela fosse a única vez que conversasse com ele em toda a minha vida.

O pensamento fez meu sorriso se apagar, entristecendo-me.

Eu realmente estava como a Ofélia do quadro: enlouquecendo!

Capítulo Três

SIMON

Em algum lugar de um escritório, a pouca distância dali, um irmão desesperado aceitava a proposta mais indecente de sua vida. Vendia sua irmã a um estranho que prometera pagar-lhe muito bem pelo casamento conveniente. Era sorte ou ruína de sua irmã e sua família? Ele não sabia responder. Precisava correr o risco!

Era fascinante como aquela mulher via o mundo. Ele estava hipnotizado, como não ficava havia muito tempo. Tempo demais que o fizera esquecer como era bom ter alguém para conversar, que fizesse seu coração bater mais rápido. Seu coração estava morto e congelado fazia tanto tempo...

Ele não poderia vislumbrar seu rosto, porque uma máscara tomava conta de toda sua face, mas imaginava como ela deveria ser linda. Seus olhos claros, de um azul que nunca vira, seus cabelos loiros que se misturavam com o vestido claro que usava. Ela era de pequeno porte, mas com ideias grandes que a tornavam única.

Este sempre fora seu defeito: encantar-se por mulheres inteligentes. E isso foi o que o fez ser abandonado no altar uma vez e o motivo de sua vergonha perante a sociedade.

Amália era elegante, viajada e muito inteligente. Isso fez com que ela sonhasse com um mundo de aventuras que um duque nunca lhe proporcionaria. Ela o traíra da pior forma possível.

Ele nunca mais cometeria esse erro. Seria diferente com a noiva que estava escolhendo. Ela deveria ser apática, sem ideias e uma dama como a sociedade sonhava para homens como ele.

E ele... ele sonharia com mulheres como aquela que estava na sua frente, compartilhando ideias e mostrando que damas poderiam ser muito mais que um cavalo adestrado.

Talvez ela não fosse uma dama...

Mas o que importava? Naquela noite ele ainda poderia se entregar ao desejo de uma vida que nunca teria. E aproveitaria.

— Se aceitar dar uma volta comigo na varanda, pode me contar por que acha que a sociedade enlouqueceu — falei sem reservas. Uma dama nunca aceitaria tal convite.

Ela pareceu pensativa e demorou alguns instantes para responder. Parecia relutante.

— Diriam que enlouqueci por aceitar tal convite. Mas estou disposta a aceitar esse insulto das pessoas ou, para mim, um elogio. Porque, se para ser considerada sensata eu preciso me privar dos meus desejos nesta noite, aceito de bom grado ser retratada como Ofélia. — Apontou para o quadro.

Estendi meu braço, e ela o enlaçou. Saímos caminhando lentamente.

Meu coração pulsava. Ele acordara de um longo sono e tirava meu sossego naquele momento.

— Vejo que tem sonhos e devaneios sobre o papel das mulheres. O que imagina para si?

Ela jogou a cabeça para trás e gargalhou. O som se instalou em minha mente e tive a certeza de que nunca mais esqueceria aquele barulho. Era encantador.

Minha mulher deveria não sorrir, e, quando o fizesse, seria discreto e apenas um viés dos lábios se abririam. Era o que uma dama deveria fazer.

— Não imagino muitas coisas para mim, mas sonho com um futuro no qual todas possamos passear com um cavalheiro como estou fazendo nesta noite. E sem precisar de uma máscara. Sonho com lugares no parlamento. Sonho que possamos ser como vocês, homens, livres!

— Posso não ser um cavalheiro, talvez um assassino — comentei, provocando-a, porque nos afastávamos cada vez mais da festa, indo para um lugar que era considerado impróprio para uma dama estar com um homem sem nenhuma outra companhia.

— Prefiro acreditar que não. E você não deve tirar-me o prazer desta noite.

— Esta noite estou para lhe proporcionar o que me pedir — falei com convicção.

Um desejo tomou conta do meu ser e senti vontade de encontrar o seu corpo naquelas paredes que nos rodeavam e beijar seus lábios.

Eu queria, na verdade, proporcionar-lhe prazer.

Fiz sinal para que nós sentássemos em um banco que ficava estrategicamente longe dos olhares de quem passeasse pela varanda naquela noite. Eu queria privacidade. Queria coisas que não eram lícitas...

Ela se acomodou, e sentei ao seu lado. Então o mundo parou naquele instante. Olhamos um para o outro e conversamos por tantas horas que eu nem saberia dizer.

Falamos de política, direitos das mulheres, jogos, livros, viagens, tantos assuntos. Poderia conversar sobre qualquer coisa, que ela entendia e partilhava, com ideias únicas.

A noite começava a dar sinais de que acabaria e o céu começava a colorir para o amanhecer.

— Deixe-me ver seu rosto — pedi. — O dia vai amanhecer e eu preciso partir — comentei.

Ela negou com a cabeça.

— Não. Vamos ficar com a lembrança do que tivemos sem nos reconhecer. Não estrague a magia dessa noite. Deixe que o sol nos lembre de quem somos quando adentramos nossas residências.

Eu odiava o sol, mas por um instante pedi que ele aparecesse logo e me desse um vislumbre melhor daquela mulher que a escuridão e a máscara escondiam.

— Seu nome talvez? — insisti.

Ela negou novamente.

— Fique com a lembrança e deixe que sua imaginação me dê um nome adequado.

— Ela está pensando em vários nomes, mas nenhum adequado — falei.

Seus lábios se abriram novamente em um sorriso sem reservas. Imaginei como seria mordê-los. Mulheres como ela eram magníficas na cama. Esposas como a que eu estava escolhendo eram sem graça e na cama um tecido verdadeiro. Damas de verdade não poderiam sentir prazer com um homem.

Inclinei meu corpo, chegando mais para frente, muito próximo do seu. Eu precisava de mais e tentava uma abertura.

— Permita-me que a beije antes de partir? — perguntei com a voz rouca, falhando, o desejo tomando conta de todo o meu corpo.

Ela negou com a cabeça, desconsertando-me. Levantou uma de suas mãos e seus dedos tocaram meus lábios, incendiando meu corpo.

Podia sentir meu coração começar a derreter... um pouco... porque estava tão congelado...

— *O mundo inteiro é um palco e todos os homens e mulheres não passam de meros atores. Eles entram e saem de cena e cada um, no seu tempo, representa diversos papéis. Seus atos se distribuem por sete idades*, dizia Shakespeare. Deixe-me representar o papel que sonho ao menos nesta noite, Willian — ela me chamou pelo primeiro nome do poeta que parecia admirar. — O papel da mulher que tem o poder nas mãos e que não precisa esperar para ser beijada ou cortejada.

Então, surpreendendo-me, desconsertando-me, tirando-me os pés do chão onde eu pisava, seus lábios tocaram os meus e ela me beijou.

Seus doces lábios encostaram nos meus de maneira delicada e, por mais que quisesse demostrar que conhecia o mundo, ela não conhecia a arte do beijo, mas eu ensinaria a ela.

Sem pedir permissão desta vez, abri seus lábios com a língua e deixei que adentrasse aquela boca afiada que conhecia tudo e o mundo e que poderia por alguns instantes ser só minha.

Segurei seu rosto, deixando que minhas mãos escorregassem e meu polegar acariciasse a pele desnuda do seu pescoço, já que seu rosto estava coberto pelo tecido da máscara.

Ela não sabia muito o que fazer, mas retribuía as carícias e gemia em meus braços.

Desejei despi-la ali mesmo e tomá-la para mim como um selvagem.

Fazia tanto tempo que meu coração não disparava, fazia tanto tempo que não o sentia no meu peito.

Queria aproveitar cada instante, pois sabia que o sol levaria tudo embora. Respirava ofegante, absorvendo seu perfume inebriante. Meus lábios saboreavam os seus como se não existisse nada mais no mundo e minhas mãos percorriam seu pescoço e subiam por seus cabelos sedosos.

Então um raio de sol atravessou nossos olhos, lembrando-nos que poderíamos ser vistos, que estávamos em Londres, que vivíamos no século XIX, que ela era uma mulher, que eu me casaria com outra, que tinha uma reputação para buscar, que um duque tinha deveres e que a felicidade não me era de direito.

Afastamo-nos. Passei os dedos por seus lábios, gravando em minha mente aquele momento.

— Você tem bruxaria em seus lábios, Kate — sussurrei as palavras do poeta Shakespeare que tanto deveriam ser conhecidas por ela.

— Adeus, Willian, creio que até breve não se encaixe em nossa existência. *Estas alegrias violentas têm fins violentos. Falecendo no triunfo, como fogo e pólvora. Que num beijo se consomem.*

— Adeus, Kate.

Foi tudo que fui capaz de dizer.

Meus olhos a contemplaram partir reluzente, brilhando mais que o sol. Maldito sol! Eu sempre o odiava! Ele sempre levava embora tudo de bom em minha vida. E novamente ele não aquecia o meu coração, que voltava a endurecer, congelando.

CAPÍTULO QUATRO

ANA ELIZABETH

Ser ou não ser... Eis a questão. Que é mais nobre para a alma: suportar os dardos e arremessos do fardo sempre adverso ou armar-se contra um mar de desventuras e dar-lhes fim tentando resistir-lhes?
(Ato III, cena I. *Hamlet*)

— Está feito — Gabriel falou assim que adentrei seu escritório pela manhã.

Meus olhos estavam pesados de canseira por não ter dormido à noite, mas desci quando ele mandou me chamar, para não levantar suspeitas de que não passei a noite em casa.

— Poderia me esclarecer o que está feito? — perguntei confusa.

— Seu casamento. Recebi uma proposta ontem à noite. Um golpe de sorte ou destino talvez. Você tem um noivo.

— Não, não pode — falei, desejando que ele recuasse. Meu desejo era gritar que ele estava enlouquecendo. — Precisa me dar mais tempo. Não sei se consigo.

— Conseguirá. Amanhã vamos encontrá-lo. Precisa fazer isso, Ana. Sua mãe não terá o que comer na próxima semana se não se casar.

— Ela é sua mãe também, Gabriel! Precisa esquecer o passado.

— Sim. — Apoiou a mão sobre a mesa, inclinando o corpo para frente, encarando-me. — Por isso vamos pensar no futuro, um futuro que precisa de renúncias e sacrifícios.

Juntei as mãos com firmeza, escondendo quanto tremiam. Escondendo minha fraqueza.

— Por que meus, e não seus? — indaguei-o.

— Não faz ideia dos meus sacrifícios. Ser um duque já é um castigo para a minha vida, Ana — levantou-se e abriu os braços —, mas não estamos aqui para discutir. Estou comunicando que amanhã vamos visitar o duque de Western.

Meus olhos saltaram ao ouvir aquele nome. O nome do duque estava em todos os eventos sociais de Londres e nas fofocas dos chás da tarde.

Abandonado no dia do casamento por uma mulher que muitos descreviam como uma deusa ou feiticeira que o entrelaçou em tantas promessas de amor e paixão que o consumiram, cegando-o. Depois de presenteá-la com joias e muitas de suas propriedades, ela o trocara por seu próprio irmão.

Após a humilhação, o duque nunca mais compareceu a eventos sociais e até hoje se falava sobre a trágica história. Muitos diziam que ele se acabava em desgraça, definhando em uma cama, sem se alimentar, cada dia mais magro e desiludido do viver.

Ninguém sabia o que era verdade ou mentira. Os boatos eram muitos!

Agora estaria frente a frente com esse homem, que deveria estar doente e precisando de alguém para cuidar de si na cama.

Só poderia ser isso, senão quem mais aceitaria lhe dar um dote, sem sequer conhecê-la?

Homens não se despojavam de dinheiro para se casar. Esse mais uma vez era o papel das mulheres. Precisavam pagar para se aprisionar, sem direito algum.

Era triste, mas era nossa realidade.

Engoli minha dor, meu orgulho e minhas lamentações.

Assenti e fiz reverência antes de sair, porque Gabriel naquele momento não era meu irmão. Era um duque cumprindo suas funções e como tal sem sentimento algum.

O mundo, que já era pálido, perdeu a cor quando saí daquele escritório, entretanto, quando entramos na carruagem rumo a conhecer meu futuro marido, ele se tornou mais cinza do que nunca.

Quando meus pés tocaram o jardim da mansão, que ficava a uma curta distância de Londres, senti meus sonhos sendo destruídos, um a um. As tragédias de Shakespeare nunca fizeram tanto sentido.

Um mordomo abriu as portas de madeira imponentes que davam acesso ao que seria em breve meu novo lar... ou só minha nova casa, porque lar compreendia muito mais do que o lugar que você habita.

A casa era magnífica, grande e oponente, mas não parecia ter muita vida. Não encontrei flores na sala, nem ao menos obras de arte. Apenas móveis escuros de madeira e muitas cortinas fechadas. Não havia luz ali. Era escura e triste. Caberia bem no sentido que minha vida tomaria naquele lugar.

O homem que nos acompanhava fez sinal para que subíssemos as escadas, então subimos muitos e muitos degraus que nos levaram ao topo da residência, ao que parecia ser a torre central.

A porta de um cômodo que conseguia ser mais escuro que os outros estava aberta e, a não ser por uma única vela acesa, o lugar não possuía janelas.

— Milorde? — o mordomo indagou, anunciando nossa presença.

— Entre — autorizou e fomos convidados a passar pela porta para conhecer o homem ao qual tinha sido vendida.

Permitimos nos olhar por alguns instantes. A iluminação não favorecia, mas eu poderia ver que ele não era o homem doente que imaginei.

Era um homem forte, vigoroso e muito, muito bonito.

Na escuridão, seus cabelos pareciam negros, assim como seus olhos, mas eu não poderia ter certeza. A única certeza era de que a junção do que estava ali o deixava sombrio e ao mesmo tempo lindo.

Mas o que isso importava? Pensei com desgosto.

Desviei o olhar e abaixei minha cabeça. Era o que uma dama faria. Ser recatada perante um lorde era muito importante. E o casamento era a sobrevivência da minha mãe e sua sobrevivência era a minha.

— Sejam bem-vindos à minha residência. Creio que não precisamos de muitas formalidades para o que estamos propondo fazer — disse. Sua voz era mais fria que tido ali. — Gabriel, vamos falar de negócios — completou.

A palavra negócios me fez querer gritar e dizer que eu não era um produto à venda, porém era. Isso era incontestável.

Por que escolheu a mim? Se não era um homem doente como muitos diziam e parecia gozar de boa saúde, poderia escolher uma mulher que pagaria fortunas para tê-lo como marido e pais que dariam metade de suas terras para casar suas filhas com um homem de sua nobreza.

Ah, se Londres considerasse a nobreza de coração, não sobrariam homens com título.

— Estamos aqui para ouvir o que deseja, Simon — meu irmão afirmou.

— Preciso de uma dama de postura impecável para estar ao meu lado. Não lhe digo só em relação à beleza, preciso de alguém que saiba se vestir em todas as ocasiões, que conheça as regras de etiqueta social com primor, que fale de maneira apropriada e o mínimo possível, que seja capaz de conduzir jantares e de receber visitas de maneira elegante, discreta, que não pense muito nem exija nada. Estará a meu dispor e cuidará dos empregados da casa.

Enquanto despejava as palavras, lembrei-me de quando tínhamos dinheiro para comprar vestidos. Quando os encomendávamos, a lista de como deveriam ser era mais ou menos como ele dizia. Senti-me um vestido caro e ao mesmo tempo sem valor, um que seria usado para desfilar por Londres e depois guardado dentro um baú.

— Ana foi criada pelas melhores preceptoras. Não terá problemas. É uma perfeita dama.

— Meus receios estão em sua inteligência. Aprendi a nunca subestimar a inteligência de uma mulher e por isso lhe farei uma proposta.

— Supus que já tivéssemos uma proposta — meu irmão retrucou.

— O dinheiro é investido em sua irmã. Preciso de garantias — falou com o dedo apontado para nós. — Garantias de que essa mulher cumprirá seu papel e, depois de seis meses, se tudo ocorrer perfeitamente, receberá seu dinheiro.

— Não! — adiantei-me. — Não temos seis meses!

Minha mãe morreria sem o dinheiro. Eu não me casaria em vão. Preferia a morte.

— Está vendo? — Abriu um sorriso sarcástico. — Falando quando deveria se calar. Eram esses meus receios.

Engoli para não me levantar e dar um tapa em seu rosto. Era essa a minha vontade! Homem insolente e mal-educado. Agora fazia sentido o abandono e o motivo de ser trocado pelo próprio irmão.

— Ana tem razão — meu irmão interveio. — Preciso do dinheiro. E também de uma garantia. Como vou oferecê-la e depois você alegar que por um único descuido não a quer mais e não nos pagar? Dê-nos metade do combinado e a outra metade daqui a seis meses. Tenho certeza de que Ana será a esposa que você deseja.

Ele se levantou e deu de ombros.

Uma parte de mim ansiava por sua negação, para que pudesse fugir daquele pesadelo, entretanto a outra temia por isso, sabendo da situação da minha mãe.

— Vinte por cento. Dou vinte por cento agora e o restante daqui a quatro meses. Será o tempo suficiente para restituir minha reputação em Londres.

Gabriel me olhou derrotado. Uma derrota que sua postura imponente não me deixava ver havia muito tempo. Eu sabia sua resposta! Não tínhamos escolha.

Ele estendeu a mão e o duque a apertou, selando o compromisso.

Engoli novamente, mas dessa vez as lágrimas que nunca deixaria cair. Acabava de assinar um acordo de destruição, destruição dos meus sonhos, anseios e principalmente da minha liberdade.

Eu queria ser livre, ler, estudar, conversar com homens importantes em qualquer lugar. Isso nunca seria possível.

Meu lugar agora era de dama perfeita, calada e silenciada por um casamento e por uma sociedade triste e cruel.

— Para quando será marcado o casamento? — Gabriel indagou, receio que muito mais preocupado com o dinheiro do que com qualquer outra coisa.

— Hoje! Papéis estão prontos e hoje mesmo ela será minha esposa. Não teremos festa. Ela será apresentada no momento oportuno como minha esposa.

— Vamos partir só para buscar seus pertences então — meu irmão falou, concordando com aquele absurdo. — Retornaremos ao anoitecer.

Ele negou com a cabeça.

— Ana não precisa de nada do seu passado. Será moldada para o futuro ao meu lado. Assim será.

Olhei com desespero para Gabriel. Não estava preparada. Ele me encarou e assentiu. Não soube se era um sim para dizer que me entendia ou um sim para o duque. Receio que as duas coisas.

O homem abriu a gaveta da escrivaninha e tirou um pacote de dinheiro de lá, jogando-o pela mesa, em direção ao meu irmão.

— Aí está sua parte. O restante dependerá do futuro e da sua irmã. — Encarou-me com um sorriso perverso que me fez arrepiar de medo e nojo. — Creio que não teremos problemas com isso.

— Não terá — Gabriel garantiu.

— Vou deixá-los para que possam se despedir. O mordomo vai esperá-los do outro lado da porta para acompanhá-los.

E assim se retirou, pisando firme, de forma confiante. Cada passo seu era como se um sonho meu fosse soterrado.

Gabriel me olhou cheio de dor e ternura e ameaçou abrir os lábios para começar a falar. Mas estendi a mão, proibindo-o.

— Não me dê explicações ou desculpas. Não vou aceitá-las. Tudo é sua culpa. — Bati no seu peito. — Estou pagando por seus erros, Gabriel, e nunca vou perdoá-lo por isso.

— O dia que amar alguém vai entender e vai me perdoar.

— Nunca vou amar ninguém além da minha mãe. Você acabou de me tirar esse direito e me fez perder o direito maior de amar a mim mesma. Agora sou refém de um homem que vai me encarcerar em um mundo cruel. Sabe que não nasci para isso.

— Mas foi criada para tal. Aceite! — falou com firmeza dessa vez.

— Você vendeu meu corpo, mas não minha alma, muito menos meu coração. E o odeio por isso. — Estendi a mão em direção ao seu rosto. — Odeio porque não posso separar meu corpo do restante e estou presa a esse inferno que você criou. Você vai pagar por isso um dia. Isso é uma promessa.

— Já estou pagando, acredite — ele falou, dando-me as costas e saindo, deixando-me na completa escuridão, sim, porque meus olhos perderam o brilho e a vida perdeu a cor.

Capítulo Cinco

SIMON

Acima de tudo sê fiel a ti mesmo,
Disso se segue, como a noite ao dia,
Que não podes ser falso com ninguém.
Shakespeare – Hamlet I 3 v. 78-80

Eu senti ódio ao ver aquela mulher entrando na sala. Ódio de ver o que me tornara. Ódio de ter que conviver com o ócio todo dia, com a mesmice, as regras, a normalidade...

Era tão diferente com Amália. Peguei-me pensando nela, em como ríamos juntos, em como ela não se importava em causar vergonha, em sentar a uma mesa de jogos, beber, contar história engraçadas... Ela era o oposto de tudo aquilo.

Eu odiava o que via no momento. Ana era uma mulher linda. Deslumbrante poderia dizer! Seu rosto de traços prefeitos, alongado, pele branca, lábios vermelhos naturalmente, as curvas perfeitas do seu corpo que poderiam ser vistas até por trás do vestido cheio de tecidos e de cor pálida. Ela era linda, perfeita e o desenho da aristocracia.

Eu odiava a aristocracia! Estava engolido por ela, afogado pelo ducado que não poderia abandonar e Amália era meu respiro.

Ana era a corda que puxava e sugava ainda mais o meu ar.

Ela não tinha culpa e eu me odiava ainda mais por olhar naqueles olhos que de tudo eram perfeitos nela, mas ofuscavam uma tristeza que ela não conseguia esconder.

Estávamos casados. E eu não sabia como lidar com aquela mulher.

Não tinha desejo por ela! Não tinha vontade alguma de levá-la para a cama.

— Esta noite dormirá em seu quarto. O dia nos deu emoções suficientes. Amanhã nos encontraremos pela manhã e darei as instruções de como será sua vida — falei sem emoção alguma.

Um alívio surgiu em seu rosto e senti pena da pobre moça vendida pelo irmão. Ao mesmo tempo, senti raiva. Por que ela se sujeitara a isso? Mesmo sabendo a resposta, porque mulheres não tinham escolhas em Londres, eu a culpava por aceitar aquele destino miserável que eu lhe propunha.

— Sim, milorde — respondeu, curvando-se para mim de forma graciosa.

Ela não se moveu, então lembrei que precisava autorizar sua saída, pois precisava de ordem para se mover.

Estendi a mão para a escada, autorizando-a.

Ela saiu andando de forma elegante, com passos tão silenciosos que parecia pisar em plumas, como a perfeita dama que era.

Subi para os meus aposentos e me deitei vestido, desiludido e um pouco arrependido. Casar não era meu desejo, era minha obrigação.

Pensei que poderia usar aquela nova experiência como um desafio. Eu adorava desafios. No entanto, não estava com energia suficiente para ficar feliz com tal ideia. Precisava de uma boa noite de sono e aí, sim, poderia acordar com um pouco de ânimo.

O sono chegou, e não foi tranquilo. Nunca era. Sempre carregado de pesadelos. Passado e presente misturados me torturavam mesmo na escuridão do meu sono.

Acordei irritado ainda mais e, depois de um longo banho, desci para encontrar a mulher que escolhera para casar.

Ela estava linda e vestida de forma impecável, com os braços estendidos à frente do corpo e as mãos entrelaçadas, ao lado da mesa, esperando minha chegada e minha ordem para se sentar. Parecia uma boneca, linda, apática e sem movimentos. Nunca gostei de bonecas!

— Bom dia — falei de forma seca, sem olhar seus olhos.

— Bom dia, milorde — ela respondeu de forma doce. Até o tom da sua voz era gracioso e perfeito, como um piano muito bem afinado.

Por um instante, lembrei-me de Kate do baile de máscaras. Sua voz era firme e decidida. Senti um calafrio percorrer meu corpo. Era desejo puro que sentia quando me lembrava daqueles lábios.

Fiz sinal para que se sentasse à mesa.

— Devo dizer sem devaneios o que espero de você. Mas antes gostaria que me respondesse qual deve ser o maior dever de uma esposa.

Encarei-a com as sobrancelhas arqueadas. A pergunta iria me deixar a par do que realmente me aguardava.

— O maior dever de uma boa esposa é se dedicar à felicidade do seu marido — respondeu sem me encarar, submissa como deveria.

Os criados entraram e começaram a servir o desjejum. Perdi completamente o apetite diante da sua fala. Ela era tudo que eu buscava no casamento, mas não era a mulher que eu desejava.

Assenti.

— Correto. Vou deixá-la livre para mudar o que desejar e tornar esta casa um ambiente mais agradável para que então possamos convidar algumas pessoas para virem tomar um chá. Os criados e a boa ordem da casa ficarão em suas mãos. Também tomei a liberdade de pedir que trouxessem uma modista exclusivamente para você. Pretendo ir a um baile nesse final de semana e você precisa de roupas adequadas. O restante vamos nos ajustando. Alguma pergunta?

— Entendi tudo perfeitamente bem. Gostaria só de pedir ao milorde que me permita visitar minha mãe uma vez na semana. Ela está acamada e sempre estive ao seu lado.

As palavras me fizeram sentir um perfeito idiota. Ela tinha a mãe e tinha sentimentos, e eu a estava tratando como se fosse um objeto que queria expor perante Londres ou talvez toda a raiva que sentia de Amália eu despejasse ali.

— Tem minha permissão para visitá-la todos os dias se assim almejar, desde que não esqueça seu papel como duquesa.

Assentiu.

— Se me permite, não vou me alimentar, perdi o apetite. Vou me retirar, com sua licença.

Empurrei a cadeira e saí, sem coragem de olhar seus olhos de novo. Não era dessa forma que eu tratava as damas. Sempre deixei que tomassem as rédeas e me levassem aonde desejavam. Agora não tinha mais tempo nem espaço para tal capricho. Era hora de segurar as rédeas com toda a força e me agarrar a isso. Eu não tinha mais nada. Não poderia arriscar mais tudo de novo.

Fui para meu escritório sombrio e encontrei em cima da escrivaninha uma das cartas que me assombravam. Elas eram cada vez mais frequentes.

Meu irmão devia estar em apuros ou não estaria escrevendo com tanta frequência.

Peguei o papel e amassei, jogando-o longe, como fazia com todos os que chegavam. Marcos estava morto e muito bem enterrado em minha vida!

Sentei-me na poltrona e comecei a selecionar os convites dos eventos que participaria. A temporada tinha começado recentemente e convites empilhados eram tantos que nem em um ano eu seria capaz de cumprir. Então escolheria os mais importantes e de maior vislumbre.

Começaria com o baile que a duquesa de Vinten ofereceria no final de semana. Seria um evento de dois dias em sua casa no campo e eu gostava da ideia de ficar hospedado. Isso atrairia mais atenção aos recém-casados e estaríamos nas rodas de fofocas e sob os olhos de todos. Esses eventos cansativos incluíam caças e chá com as mulheres. E nessas horas ficaríamos mais expostos. Estava apostando todas as minhas cartas em Ana, todos ficariam encantados, já que ela era o sonho da burguesia e meu pior pesadelo.

Fechei os olhos, lembrando que precisava consumar nosso casamento ou os criados começariam a comentar.

Lembrei-me de Amália nos meus braços, quente, cheia de desejo, incendiando meu corpo com o toque dos seus dedos.

Agora estava tudo frio, e não seria uma boneca de porcelana álgida que me aqueceria.

Capítulo Seis

ANA ELIZABETH

Distante dali, enquanto organizava tudo para que seu baile fosse perfeito, a duquesa pegou com as mãos trêmulas a resposta de aceitação do duque de Western. Sem acreditar, recolheu as saias do vestido e saiu correndo, espalhando para todos da casa. Os assuntos que circulavam sobre Simon eram muitos: estava inválido, definhava e, agora, mais do que tudo, casara-se. Seu baile seria um sucesso, porque festas bem-sucedidas dependiam de burburinhos de qualidade que se espalhavam por toda a Londres. Com a presença do duque, teriam assuntos de sobra.

Minha visão já estava turva de tanto olhar tecidos. Escolher todas as roupas para uma dama era uma tarefa grande. Precisava de vestidos para bailes, jantares, cavalgadas, caminhadas, chá da tarde, passeios no campo... Era muita coisa, mas era necessário para uma dama.

Eu almejava ficar de camisola o dia todo em casa, sem todo aquele tecido pesando, sem espartilho apertando-me, sem crinolina... Por Deus, quem inventou a crinolina? Com toda certeza algum homem querendo punir sua esposa. Era um inferno usar esse apetrecho.

Pensei com pesar que nunca ficaria livre de todas aquelas amarras. Um homem vestia sua roupa confortável e isso ajudava na sua locomoção, mas as mulheres, embora com tantos fardos que já carregavam, ainda precisavam usar mais alguns na sua vestimenta. Era lamentável.

— A duquesa tem um gosto impecável, será muito bem vista na sociedade — a modista falou, sorrindo e curvando-se antes de sair e me deixar a sós com meus sentimentos. E eles estavam um turbilhão.

Eu queria correr, fugir para bem longe daquele lugar, mas, ao mesmo tempo, queria ficar e cumprir com maestria o meu papel, porque dele dependia a vida de minha mãe. O que restava como solução era chorar até não sentir mais toda a dor que partia meu peito. Entretanto, até isso eu era incapaz de fazer. Chorar é o maior sinal de fraqueza e eu não poderia ser fraca.

Aproveitei o resto da tarde para entender a dinâmica dos criados.

Era importante saber tudo que precisava mudar para que a casa funcionasse em perfeita ordem e harmonia. No momento era uma bagunça completa.

O duque não deixara claro seus gostos e pouco se importava com o que acontecia ali, então os criados se arrumavam como dava.

Consegui, em pouco tempo, estabelecer os cardápios das refeições e deixar ordens sobre a alimentação para a semana inteira.

Decidi que encerraria o dia por ali. Estava exausta. Tinha muito a se fazer e isso seria bem-vindo, pois iria me distrair todos os dias.

Desejei ver minha mãe e o duque tinha me permitido ir vê-la quando desejasse, mas eu sabia que não era de bom tom visitá-la nos primeiros dias após o casamento. Isso demonstraria que algo não ia bem no matrimônio.

Respirei fundo, tentando lembrar tudo que uma dama fazia, sem permitir erros. Era muito cansativo.

Antes de ir para o quarto banhar-me, dei uma volta nos corredores, conhecendo as dezenas de cômodos. Fiz o que a Ana não dama faria. Sorrindo, fui testando todas as maçanetas para ver qual estava aberta. Afinal, ninguém estava olhando e eu não precisava ser perfeita quando estava só. Precisava só ser eu mesma para que, ao menos assim, não perdesse a minha essência.

As portas estavam trancadas, em sua maioria, até que no final do corredor, no local mais afastado e escuro, encontrei uma aberta. Meu coração pulou quando adentrei e, mesmo no escuro, pude ver que a sala era adornada por livros.

Abafei um grito quando senti algo passando nos meus pés. Devia ser algum inseto. A sala deveria estar abandonada há anos.

Ali seria meu novo refúgio. Alguma esperança acendeu dentro de mim. Eu poderia até ser prisioneira em um casamento, mas ninguém poderia aprisionar meus pensamentos e o que se passava dentro do meu ser. Ana Elizabeth continuava viva, mesmo que abafada por uma duquesa.

Fui até o corredor e peguei um castiçal que estava aceso. Com sua ajuda, adentrei a sala.

Era espetacular! Milhares de livros empoeirados subindo até o teto em estantes de madeira. Estava uma bagunça, um caos, mas por dentro de mim tudo ficou em ordem por um instante. Ali tinha tudo! Minhas viagens, meus sonhos, minhas paixões... Tudo dentro de livros. Eu viajaria por eles.

Encontrei um que parecia ser de poesias e o abri com cuidado, era antigo e estava desgastado. Fiquei com medo que se desmanchasse. Havia pequenos poemas e frases de amor escritas à mão e todas datadas. Fiquei encantada com o que vi.

Escutei barulhos vindos de fora, escondi-o dentro das saias do vestido, apaguei o castiçal e saí do quarto rapidamente sem ser vista. Fui direto para meu quarto e entrei correndo, morrendo de curiosidade. Coloquei o livro sobre a cama e abri a primeira página.

> *Existem amores que o libertam, que fazem você voar por mundos diferentes, por todas as suas versões. Você enxerga o mundo. Esses amores lhe dão uma aquarela de tintas e lhe proporcionam pincéis para colorir a vida como bem lhe aprazem. Isso são amores.*
>
> *No entanto, existem paixões que o aprisionam. Elas não lhe dão tintas. Elas entregam um quadro pronto, assinado e datado e você o coloca na parede como modelo a seguir. Você não viaja. Fica preso, amarrado a este mundo perfeito que já foi pintado por alguém que imaginou conhecer sobre tudo. E isso não é amor.*
>
> *O amor não aprisiona. O amor liberta.*
>
> *O amor não machuca. Ele cura.*
>
> *O amor se faz um bom ouvinte. Ele não ordena.*
>
> *O amor pega na sua mão. Ele não prende seus braços.*
>
> *Amar é ser passivo, bondoso e gentil. De ambos os lados.*
>
> *No amor não há vencedores, nem verdade absoluta, muito menos poder.*
>
> *Se deixe vencer pelo amor...*
>
> Londres, 1780.

Fechei o livro e respirei fundo. Era como se a pessoa que o tivesse escrito lesse minha alma e meus pensamentos.

Tive vontade de passar horas o lendo, mas decidi que leria um por dia. Seria a minha recompensa e meu conforto ao final de cada dia de luta.

Alguém bateu à porta. Peguei o livro e o joguei dentro do baú de roupas na beirada da cama. Levantei, recompondo-me.

— Pode entrar — autorizei.

Minhas pernas ficaram bambas quando vi o duque abrindo a porta.

Por algum motivo, eu me arrepiava ao vê-lo. Não sei se por medo ou talvez por sua beleza que era inegável.

Ele me encarou de forma fria por alguns instantes e abaixei a cabeça, como a boa submissa que deveria ser.

— Deixarei a porta de comunicação aberta esta noite, então espere para me receber.

Assenti e esperei que saísse para voltar a respirar, mas não conseguia puxar o fôlego.

Eu nunca estaria pronta para me entregar a um homem que não amava. Sabia muito bem o que acontecia entre um homem e uma mulher. Os livros sempre me ensinaram tudo que uma dama não deveria saber. Eu não estava preparada para ter intimidade com um estranho. Entretanto, mais uma vez, não tinha escolha.

Abri o baú no qual guardei o livro e peguei a camisola branca bordada à mão por mim. Era o que a tradição dizia: a noiva deveria bordar sua própria camisola para a noite de núpcias.

Meu bordado era perfeito, o avesso era impecável, era delicado e elegante.

Banhei-me e vesti a camisola, olhando-me no espelho. A imagem que via ali era de uma desconhecida. Era a imagem de uma mulher linda e sem defeitos. Nem de longe era a mulher que rugia dentro de mim.

A mulher que eu guardava era forte, destemida e tinha vontade de rasgar aquela roupa branca ou talvez rolar na terra até sujar toda aquela perfeição. A mulher que vivia dentro de mim queria soltar todo o cabelo e deixar que balançasse ao vento, talvez em cima de um cavalo, indo para algum lugar sem sentido. A mulher que eu desejava ser estava ali mais viva do que nunca.

Abaixei os olhos, como uma boa mulher submissa e me sentei na beirada da cama, esperando ser chamada.

Abafei a mulher que gritava dentro do meu peito e fechei os olhos, esperando o próximo capítulo daquela tragédia de Shakespeare, desejando imensamente escrever a minha história, mas amarrada a uma que escreveram por mim e que nem uma vírgula eu poderia mudar.

Capítulo Sete

SIMON

Sabemos o que somos, mas não sabemos o que podemos ser.
William Shakespeare.

Fiquei parado olhando para aquela porta de comunicação, sabendo que o meu desejo sempre foi que ela nunca existisse. Qual era o sentido de você se casar e sua mulher ter que ficar em outro quarto? Qual era o sentido de se ter uma mulher, e não poder desfrutar do seu calor todas as noites?

No entanto, desde que meu coração congelou, fui criando portas por todos os lados e trancando-as com chaves que eu preferia jogar fora, para nunca mais abri-las.

Precisava consumar meu casamento com uma linda mulher que me esperava do outro lado, provavelmente vestindo sua camisola branca. Deveria ir até lá, sentir desejo ao erguer uma parte da sua camisola no escuro e tomá-la, sem tocá-la muito para não assustá-la.

Na verdade, quem estava assustado com aquilo tudo era eu. Achei que seria simples e fácil deixar o passado para trás e ser o homem gélido, mas me parecia que não era simples como eu pregava ser.

Não dava para postergar mais. Estava na hora de encontrar a boneca gelada do outro lado, sim, porque uma dama era como uma boneca linda e sem emoção alguma.

Fechei os olhos, lembrando-me do passado, dos gemidos, do calor e do fogo que outrora ocuparam minha cama e agora ocupavam a cama de meu irmão. Senti meu estômago embrulhar com a lembrança. Eu tinha nojo daquilo.

Bati à porta e entrei sem esperar mais nenhum instante, vendo meu coração me trair todas as vezes que lembrava o passado. E lá estava ela, linda, com seus cabelos presos impecavelmente em um coque que nenhum fio se soltava, a camisola era branca e tinha tantos bordados que cansavam meus olhos. Era a imagem da pureza e do meu desespero também. Seus olhos estavam fixos nos meus pés e não me encaravam.

— Olhe para mim — ordenei, buscando mostrar o meu poder sobre si e principalmente ver se tinha alguma emoção por ali.

Ela levantou a cabeça e seus olhos cruzaram com os meus, então, de relance, muito rapidamente, puder ver raiva misturada com soberba. Sim, por um instante, pude ver uma Elizabeth que eu não conhecia e que era a que eu adoraria ver. Entretanto, no mesmo instante, ela abaixou a cabeça, envergonhada, tentando esconder o que estava escancarado ali.

Foi um olhar, um simples olhar, mas suficiente para que meu desejo pulsasse. Tinha algo ali que me fez querê-la naquela noite. Era tudo de que eu precisava, no entanto isso me assustou. Eu não poderia sentir nada por aquela mulher. Ela era só um objeto que eu usaria para ocupar meu lugar na sociedade, fazer uns dois filhos para manter a geração de ducados e depois colocaria aquele objeto longe de mim.

Nenhuma mulher seria minha dona! Nunca mais eu seria de ninguém!
Para provar que estava certo, ordenei novamente:
— Olhe para mim, Ana Elizabeth.

Ela voltou a me encarar. Suas bochechas estavam vermelhas desta vez e seus olhos eram uma incógnita. Ela estava se escondendo também.

— Venha, beije-me — pedi.

Queria que ela tomasse a iniciativa e viesse até mim, para provar que eu não sentiria nada por ela.

— Aqui, agora, não precisa ser uma dama. — Libertei-a só por um instante, só para provar que ninguém mais aqueceria meu coração.

Era um teste, no qual eu sabia que passaria com exímio.

Ela começou a andar a passos lentos, encarando-me como pedi, e tentei decifrar o que via ali, se aquele olhar perverso que outrora ela dispensara estava em algum lugar, mas ela fingia muito bem, então não encontrei emoção alguma.

Ficando próxima ao meu corpo, ela levantou a cabeça para alcançar meu lábios. Aspirei seu cheiro e deixei que inundasse minhas narinas. Era tão bom, era maravilhoso. Eu não saberia dizer exatamente a que ela cheirava, porque de alguma forma aquilo me desconsertou e meus pensamentos se perderam.

Seus lábios encostaram nos meus de forma doce e suave e eram quentes, muito quentes. Não eram como de uma boneca gelada. Era como de fogo e senti dor de tanto desejo que pulsou entre minhas pernas.

Ela ficou ali parada, sem me tocar, com seus lábios grudados aos meus, incendiando meu corpo por todos os lugares.

Abri sua boca com minha língua, sem tocar seu corpo, e aprofundei o beijo, querendo muito mais. Deixei que minha língua ensinasse a sua a dançar, como em ritmo perfeito de uma valsa, fiquei explorando seus lábios. Mordisquei o canto da sua boca, entrei de novo com minha língua por todos os lados, querendo sugar tudo que estava ali.

Ela suspirou, sim, a boneca suspirou com meus beijos e eu não consegui me controlar. Passei minhas mãos por sua nuca e puxei seu corpo pequeno para junto do meu. A camisola fina proporcionou um encontro perfeito do meu desejo com o seu.

Fiz movimentos com meu corpo ao encontro do seu, querendo tudo, querendo me perder por ali. Então fechei os olhos e me assustei com o que estava ali. Na escuridão pude ver como me perdia novamente. Se Ana Elizabeth me jogasse na cama naquele momento, ela poderia fazer o que quisesse comigo.

Um beijo e eu já estava ajoelhando-me ao seu dispor.

Abri os olhos e a afastei de mim. Ela me encarou confusa.

— Já foi tempo suficiente para provar aos criados que passamos a noite juntos.

Fui até a penteadeira e encontrei uma tesoura.

Aproximei-me da cama, abri minha mão e fiz um pequeno corte, então deixei que as gotas de sangue escorressem sobre o lençol.

A prova da consumação do nosso casamento estava ali.

— Isso será suficiente para afastar os comentários. Pode continuar sendo a dama de que preciso e, quando desejar filhos, volto para tê-la. Não tem necessidade no momento, já que não busco herdeiros por agora.

Ela continuava me olhando e pude ver vergonha em seu rosto.

Assentindo, continuou parada feito uma estátua.

Fiquei aliviado que ela olhava para meu rosto, e não para minhas calças, porque eu seria desmascarado. O desejo continuava forte, matando-me e mostrando que eu não tinha tanto controle sobre mim como imaginei ter no tempo que fiquei fechado naquela casa buscando ser um homem diferente.

Mas talvez ela nem entendesse nada sobre aquilo, afinal era uma moça pura e ingênua.

Nunca fui de ter desejos por mulheres assim.

Dei as costas e voltei para o meu quarto, batendo a porta com força e trancando-a em seguida.

Sim, percebi que aquela porta ainda precisava ficar fechada por um bom tempo. Eu só abriria novamente quando tivesse certeza que teria controle sobre meu desejo.

Garanti a mim mesmo que a convivência com Ana Elizabeth traria a frieza que eu buscava, pois ela precisava provar todos os dias que era uma dama perfeita e eu odiava a perfeição.

Quando tivesse certeza de que ela seria somente a mãe dos meus filhos e nada mais que isso, entraria por aquela porta de novo e iria tomá-la para que engravidasse.

Era só isso.

Não deveria ser difícil controlar meus desejos. Eu já tinha fechado tantas portas dentro de mim, então fecharia aquela também. Só precisava de um tempo. Era isso.

Capítulo Oito

ANA ELIZABETH

Não expressar tudo o que se pensa;
Ouvir a todos, mas falar com poucos;
Ser amistoso, mas nunca ser vulgar;
Shakespeare, Hamlet.

Fiquei parada olhando para a porta fechando-se sem entender nada. Um misto de vergonha, frustração e raiva.

Vergonha por ter sido deixada ali, como alguma comida que você provou, e não estava boa, então você simplesmente empurrou o prato que não o satisfez.

Frustração porque meu corpo parecia querer algo mais, algo que eu nem sabia o que poderia ser. Sentia minha pele queimar, meu coração estava acelerado, poderia sentir o sangue correndo nas minhas veias com pressa.

Raiva, muita raiva. Fui traída por mim mesma. Eu tinha que ser perfeita para garantir o bem-estar da minha mãe. Mas damas perfeitas não gemiam quando beijavam seus maridos, não deixavam ser sucumbidas por desejo e volúpia. E mais raiva ainda por ansiar mais daquele homem que de alguma forma destruiu todos os meus sonhos e me tratava com tanto desprezo.

Corri até o baú e peguei o livro. Sentando-me na cama, abracei minhas pernas e fiquei encarando aquelas páginas velhas e sujas. Desejava encontrar conforto ali, mesmo estando sozinha como nunca estive.

Abri e folhei até a última página, como se ali estivesse escrito qual seria o meu final.

UMA MULHER PODE SE SUBMETER A UM HOMEM POR TODA UMA VIDA. ESSA MESMA MULHER PODE ABAIXAR A CABEÇA E DIZER SIM PARA O MUNDO QUE A CERCA. MAS, SE ESSA MULHER RESOLVER QUE NINGUÉM É DONO DELA, ELA PODE SER A DONA DO MUNDO.

Sorri com as palavras. Desejei ter conhecido quem as escreveu. Parecia ser uma mulher feliz e dona de si. Ela era tudo que eu sonhava ser.

Abracei o livro e dormi, tentando esquecer a minha realidade.

Quando o dia amanheceu, pedi ajuda dos criados para juntar as coisas que precisaria levar para o final de semana no campo. Muitas coisas tinham chegado da modista. Com muito dinheiro, se fazia as coisas muito rápido em Londres!

A quantidade de itens de que se precisava para passar um fim de semana no campo era exorbitante. Roupas de caminhada, roupas de cavalgada, roupas de festa, vestido para chá da tarde... Também incluía seus acessórios, lenços, luvas, artefatos de cabelos, joias... Era uma verdadeira mudança e tudo para passar uns dias fora de casa.

Providenciei para que as coisas de Simon também fossem separadas e embaladas.

Não sabia onde ele estava. O duque não apareceu durante toda a manhã e, quando me sentei para o almoço, fui avisada que ele não estaria presente.

Ele me evitava, o que foi um alívio. Não sei qual seria minha reação ao vê-lo, temendo encontrar desprezo em seu olhar. Eu me sentia estranha por seu desprezo, mas aliviada.

No final do dia, já descansando em meu quarto, fui informada para descer, pois sairíamos de viagem naquela noite mesmo.

Obedeci, vestindo-me de acordo com o que a viagem precisava, e desci para encontrar o duque na sala.

Fiz uma reverência e o encarei, como não deveria, mas senti desejo de ver o que se passava por trás dos seus olhos. Por mais que soubesse que aquele casamento seria frio e sem sentimento algum, eu não conseguia ficar ali como se fosse um objeto. Gostaria de saber o que se passava depois da outra noite.

Encontrei olhos confusos que me encararam de volta. Desestabilizei-me com seu olhar, porque não esperava sentir meu corpo arrepiando-se por algum sentimento que eu não soube decifrar.

— Vamos partir à noite para evitar o grande tráfego de carruagens pela manhã e tornar a viagem cansativa — falou por fim, dando-me uma explicação.

Achei que era um avanço, porque mulheres não precisavam de explicação. Então assenti, sem tentar me perder em palavras.

Quando estávamos próximos da porta, o lacaio de meu irmão apareceu com o semblante preocupado.

Meu coração deu um pulo. Havia algo errado com minha mãe.

— Desculpe-me, milorde, mas tenho notícias para a duquesa, se me permitir.

Simon estendeu a mão, recolhendo o bilhete que estava nas mãos dele.

— Mamãe não está bem e quer vê-la se possível, desde que isso não incomode seu marido — o duque leu em voz alta.

Abaixei os olhos, escondendo minha tristeza, minha angústia e também a decepção que senti mais uma vez por Gabriel. A preocupação com o dinheiro estava sempre acima de minha mãe.

— Vamos passar para vê-la antes da viagem — Simon falou, com tom de ordem de sempre, mas talvez tenha sido a ordem que mais me tenha deixado feliz. Eu poderia vê-la.

Minha vontade era sair correndo e subir em um cavalo com pressa, mas aceitei ir caminhando a passos lentos como uma dama até a carruagem, aceitei colocar meus dedos de forma delicada nas mãos do criado que me ajudou a subir e aceitei ir sentada olhando para o nada, até chegarmos à casa que agora era de Gabriel, mas que outrora fora o meu lar, e não tinha nenhum dono. Era de todos!

— Não vou demorar-me — falei para Simon quando a carruagem parou.

— Tem o tempo que precisar — respondeu sem me olhar, como se nada daquilo lhe importasse. E não importava. Eu era uma estranha.

Novamente queria sair correndo ao encontro da minha mãe, mas saí caminhando lentamente, com delicadeza, até abrir a porta. Quando se fechou nas minhas costas, saí correndo, subi as escadas pulando alguns degraus e segurando o vestido e entrei no seu quarto.

Ao seu lado, um criado passava um pano na sua testa.

— Ela está febril. — Dei um pulo quando ouvi a voz do meu irmão. Não tinha percebido que estava ali. — Passou a noite chamando por você, então decidi avisá-la.

Fui ao seu encontro e peguei o pano das mãos do criado, assumindo o seu lugar.

— Estou aqui, mamãe, vim cuidar de você e contar tantas coisas lindas — sussurrei no seu ouvido.

Seus olhos estavam fechados, mas ela respondeu:

— Minha querida, você veio. Eu não quero ficar sem você — ela falou quase sem forças na voz.

— Estarei sempre aqui, mamãe. Pode me chamar quantas vezes sentir minha falta, pois me casei com um homem bondoso que me deixa vir e estou feliz.

Menti! Menti porque sabia quanto ela deveria estar preocupada e menti principalmente sabendo que ela só estaria feliz se eu também estivesse.

Ela abriu um sorriso cansado, em seu rosto abatido, mas era um sorriso.

— Chamou um médico? — perguntei olhando para o meu irmão.

Ele estava encostado na parede, perto da porta, com os braços cruzados, olhando-nos.

— Sim, ele veio na madrugada e disse que é parte da doença. Não temos muito o que fazer, mas sei que ao vê-la mamãe ficaria mais feliz e isso pode ajudar muito.

Assenti.

— Chame-me sempre que ela quiser, Simon não se opõe a isso.

Dei um beijo na testa da minha mãe, sabendo que não poderia deixar o duque na carruagem por muito tempo.

— Eu te amo, mãe, mais que qualquer coisa nesse mundo, não se esqueça disso — sussurrei novamente no seu ouvido.

Ela apertou minha mão que estava apoiada em seu colo e um lágrima escorreu do rosto.

Engoli as minhas como sempre fazia e me levantei, encarando Gabriel.

— Troquei a minha felicidade pelo bem-estar da minha mãe, então faça com que o que fiz tenha valor e cuide dela por mim.

— Minha vida é fazer tudo por vocês — ele me respondeu.

Balancei a cabeça negando.

— Você tirou tudo de mim.

— Está enganada, Elizabeth. Não tive escolha. Se tivesse, teria dado minha vida por você.

— Sempre temos escolhas, Gabriel. Você fez todas as erradas.

Segurei a saia do meu vestido e saí dali tentando aceitar tudo o que acontecia. Engoli o choro e fui para a carruagem.

Simon não me encarou e agradeci por isso. Sentei-me de frente para ele e fiquei feliz quando apagou as velas e seguimos viagem na escuridão, porque aí, sim, pude deixar de ser a irmã de Gabriel, a filha perfeita, a duquesa e a dama impecável. Eu fui só Ana Elizabeth e deixei que as lágrimas encharcassem meu rosto.

Estava tão cansada de tudo, entretanto tudo só estava começando.

CAPÍTULO NOVE

SIMON

Ali, bem na sua frente, sem que Ana percebesse, muito menos que Simon se desse conta, eles tinham algo que os unia. Eles se preocupavam um com o outro, mesmo sem querer ou perceber.

Se havia algo que eu poderia decifrar de longe, era quando uma mulher precisava chorar. Os olhos sempre contavam, mesmo quando o restante do seu rosto tentava esconder.

Eu sabia muito bem, porque Amália odiava chorar na frente das pessoas e, mesmo quando ficava ofendida — o que ocorria com frequência devido à sua personalidade forte —, ela engolia as lágrimas e só as deixava rolar quando estava em meus braços. Eu adorava consolá-la.

Se havia algo que mais me impressionava, eram mulheres fortes que não saíam por aí chorando por qualquer besteira e buscando consolo por qualquer bobagem.

Por um momento, senti vontade de ir ao encontro de Ana Elizabeth e estender um lenço ou talvez até secar suas lágrimas. Os pensamentos me lembraram de como uma mulher poderia ser perigosa. Eu deveria manter distância dela. Era isso que faria.

Tentei ficar inerte ao que se passava com ela, mas podia ouvir bem baixinho seu nariz fungando. Ela chorava, mas só pude ter certeza quando o dia começou a amanhecer e os primeiros raios de sol entraram por entre as frestas das cortinas da carruagem. Ela não chorava mais, entretanto seu rosto estava vermelho e seus olhos inchados.

Enquanto olhava para fora, vislumbrei a visão. Ela já se recompusera, sua postura era perfeita, os ombros eretos, o nariz empinado, os olhos piscando lentamente, as mãos apoiadas sobre as pernas, o vestido impecável de cor azul-claro, o penteado sem nenhum fio de cabelo solto... Estava perfeita, até demais. E, de tudo que vi que me faria sentir desprezo, o que a deixava linda era exatamente o que não conseguia esconder: suas bochechas rosadas e seus olhos tristes. As duas coisas me faziam lembrar que ela não era uma boneca de porcelana.

Desviei o olhar antes que ela percebesse. Lembrei-me de que deveria passar o máximo do final de semana longe dela.

Eu estava ali para mostrar a Londres que o duque voltara, mais forte do que nunca, mais viril do que sempre e com sua esposa perfeita. Os rumores do passado seriam abafados pela apresentação de Ana Elizabeth e o meu sorriso ao seu lado seria a prova viva de que eu era feliz.

Mas eu não estava nada feliz. Por dentro era tão frio que, mesmo o sol entrando em meu rosto, tudo continuava sombrio.

A carruagem parou abruptamente, fazendo com que o solavanco quase me derrubasse do banco. Elizabeth, no entanto, continuava sentada de forma impecável. Ela me olhou, esperando a próxima ordem. Tínhamos chegado.

Esperei que a porta da carruagem fosse aberta e desci, estendendo-lhe a mão.

Estava na hora de mostrar para a burguesia que eu estava de volta.

Abri um sorriso de recém-casado e ela retribuiu com um pequeno viés nos lábios, mas ambos sabíamos que por dentro não havia sorrisos.

A duquesa veio nos recepcionar. Eu poderia ver de longe seu olhar de espanto. As pessoas imaginavam que eu chegaria definhando, o que não era o caso.

Seus olhos corriam de mim para Ana Elizabeth, que estava linda como sempre. O sol da manhã batia em seu rosto e seus cabelos tinham ainda mais brilho. Suas bochechas estavam coradas provavelmente pelo choro e isso a deixava esplêndida. Eu acertara na escolha. Ela era a mulher ideal para me tirar do buraco em que me enfiei nos últimos tempos.

— Milorde, que prazer tê-lo aqui. Não acredito que aceitou meu convite, depois de tanto tempo recluso.

— Não poderia recusar um pedido especial como um final de semana com sua família — disse e retribuí com um sorriso sua gentileza.

A minha reclusão não deveria ter sido mencionada, mas a duquesa era famosa por não ter travas na língua.

— Sua mulher é esplêndida! Vejo que fez uma escolha perfeita, Simon, depois de ter feito uma escolha tão errada.

Meu humor acabara de ser destruído com o comentário. Tudo que eu não queria era alusões ao passado, e elas já começavam ali bem na nossa recepção.

Encarei-a de forma dura, reprovando seu comentário.

— Hum-hum! — Ela limpou a garganta. — Venham, vamos entrar. Elizabeth deve estar exausta da viagem.

— Não se preocupe, duquesa, estou perfeitamente bem. A viagem foi maravilhosa — minha mulher falou de forma educada.

Sabíamos que a viagem não lhe tinha sido agradável.

— Os criados vão lhe mostrar seu aposento e vamos preparar um almoço ao ar livre. À tarde os homens sairão para caça e nós vamos nos reunir com várias damas para um agradável chá da tarde. — Estendeu a mão para sua casa. — Fiquem à vontade, vou receber outros convidados que estão chegando.

Fomos adentrando a casa, e não parei para reparar em nada. Estava irritado e pensativo. O passado parecia nunca me abandonar. Só voltei a mim quando fomos apresentados ao quarto que compartilharíamos. Olhei com indagação para o criado.

— Não é um quarto conjugado — questionei-o.

— Desculpe-me, milorde, a duquesa disse que faltarão quartos conjugados e, como são recém-casados, achou que gostariam de ficar neste. Ele é amplo e o mais confortável de toda a residência.

A duquesa e suas indiscrições!

Como eu poderia dividir o quarto com a mulher que por algum feitiço bagunçava tudo dentro de mim?

Não me restava opção. Não seria elegante recusar o quarto e levantaria comentários por todos os cantos.

Balancei a cabeça e fomos deixados a sós.

Era estranho, porque me senti uma criança sem saber como agir em uma situação complicada. Eu não era mais uma criança. Era um adulto! Um duque! De respeito! E temido!

— Vou me ausentar para que você se banhe e troque as roupas. Quando voltar, espero encontrá-lo em perfeita ordem. Odeio bagunças — ordenei, tentando ser esse homem temido.

A ordem soou como uma birra. Sim, como uma criança birrenta pedindo algo na feira para os pais. Eu me senti idiota diante do que dizia. Virei as costas e saí dali o mais urgente possível, buscando ordenar meus pensamentos.

Simplesmente era irritante a forma como aquela mulher perfeita conseguia me deixar ainda mais imperfeito. Ela não dizia nada, tudo estava correto, no seu devido lugar, suas posturas exemplares, suas falas corretas, no entanto seu olhar... Tinha algo errado em seu olhar. Era isso! Eles me recriminavam, o tempo todo! Sua boca dizia algo que não condizia com seus olhos.

Por Deus, que bagunça era aquela que a mulher que busquei com tanta perfeição fazia?

Precisava parar com isso! Ninguém ia bagunçar a minha vida nunca mais. Estava tudo no seu devido lugar e era assim que deveria manter.

Por um instante, lembrei-me da dama mascarada, aquela que não saía da minha cabeça, com sua elegância e principalmente com sua astúcia, que sem medo me beijou em plena luz do sol. Senti o desejo percorrer meu coração lembrando-me daquele dia.

Fiquei feliz por ela não me ter deixado vê-la. Era mais fácil assim. Só uma lembrança de desejo que morreria com o tempo.

Fui andando até o jardim e por onde passava sentia os olhares sobre mim. Era novidade, seria assunto do próximo final de semana, afinal, havia tempos que ninguém me via. E agora casado com uma bela dama seria motivo de mais fofocas.

Abri um sorriso, enfim recuperaria minha reputação.

O passado finalmente começava a ficar onde deveria: no passado!

Ninguém nunca mais teria o poder de me dominar e me arruinar. Eu era o dono de mim novamente e, como num piscar de olhos, Londres iria me respeitar e me temer novamente.

Era simples, era até fácil demais, afinal o dinheiro e o ducado poderiam proporcionar-me muitas coisas.

Algo dentro de mim me fez questionar se ele também me proporcionaria felicidade, mas deixei os pensamentos de lado. Afinal, felicidade nunca fez parte dos meus planos.

CAPÍTULO DEZ

ANA ELIZABETH

Existe certo padrão dentro da nobreza. É fácil ser previsível quando se tenta ser perfeita, afinal, todos sabem como deve ser a forma correta de tudo. O difícil mesmo é quando se tenta ser você mesma. Ninguém é perfeito o tempo todo e ninguém consegue acertar a vida inteira.

Coloquei um vestido azul-claro de musselina, quase branco. Ele era delicado e discreto, como deveria ser para uma tarde no campo. Tinha poucas saias, então o volume facilitava os movimentos, não tinha mangas bufantes nem decote. Era simples e elegante, como deveria ser. Acertei dois grampos que estavam fora do lugar e encaixei no cabelo duas rosas brancas que estavam enfeitando o quarto. Caíram bem e deram alguma alegria ao meu semblante que estava triste.

Belisquei minhas bochechas buscando corá-las e ensaiei um sorriso tímido, que no espelho parecia perfeito. A visão refletida era impecável, mas por dentro eu estava uma bagunça.

Um misto de tristeza por minha mãe, de raiva por receber ordens de Simon, frustrada por estar no mesmo quarto que ele e ter que ser perfeita até dormindo e, principalmente, por estar solitária. Nunca me sentira tão sozinha. O mundo não poderia compreender nem imaginar o que se passava dentro do meu ser e eu não tinha mais ninguém com quem dividir minhas angústias.

Minha mãe convalescia, meu irmão me traíra e meu marido me via como um vaso que ele ostentava ou talvez um tapete persa que ele se gabava por ter e depois usava para limpar seus sapatos.

Alguém bateu à porta e me tirou dos devaneios. Olhei para trás e o encontrei, esperando-me.

— Estamos sendo convidados para descer e tomar o desjejum ao ar livre com outros hóspedes. Está pronta? — questionou-me, olhando-me da cabeça aos pés.

Eu deveria dizer "não é óbvio que estou pronta ou espera que me vista de planta para combinar com o vaso que sou agora?". Mas não fiz. Abri um meigo sorriso.

— Claro, a seu dispor, milorde.

Ele estendeu o braço, dando-me passagem pela porta, e caminhei lentamente até ele, como se meus pés doessem, porque uma dama nunca corria ou caminhava com pressa.

Ele colocou a mão na cintura e entrelacei meus braços. Saímos caminhando como se fôssemos um casal perfeito.

— Quer falar sobre o tempo? — perguntei, porque, se éramos tão perfeitos assim, seria estranho nunca conversarmos em público.

— Sobre o tempo? — questionou-me com a testa enrugada.

Eu gostaria de falar sobre política, sobre o papel das mulheres na sociedade, sobre literatura, mas não disse em voz alta.

— Sim, falar sobre o tempo é elegante. Acha que vai chover nos próximos dias? — perguntei, sentindo-me uma idiota.

— Tudo indica que cairá uma tempestade à tarde — respondeu sem vontade.

— Hum! O campo fica magnífico quando chove. O cheiro da relva molhada é maravilhoso. Você gosta de dias chuvosos? — questionei-o, olhando para ele enquanto caminhávamos e abrindo meu sorriso tímido perfeito.

Ele virou o rosto para me encarar também e nossos olhos se cruzaram, então pude sentir o ódio que ele desferiu com o olhar.

— Detesto dias chuvosos.

Mantive o sorriso e assenti, querendo dizer que compreendia, que estava ali feliz para escutar seu furor e entender seu mau humor. Era isso que uma boa esposa fazia. Entretanto, a minha vontade? Dar-lhe um tapa, dizer como era mimado e arrogante, que eu estava pronta para fazer o meu papel, enquanto ele parecia odiar o vaso que comprou.

Respirei aliviada quando saímos da casa e entramos na varanda, encontrando-nos com os outros hóspedes e convidados. Olhei de relance e pude ver algumas damas já sentadas conversando entre si e outras cuidando dos seus filhos que corriam pelo gramado enquanto os homens formavam rodas onde falavam com toda certeza sobre política e os deveres da nobreza.

Fui acolhida pela lady Rose, que me convidou para sentar ao seu lado, enquanto Simon ia ao encontro dos outros homens que ali estavam.

— Estávamos falando das dificuldades de bordar com seda no linho.

Quais técnicas costuma usar, duquesa? — Rose me indagou, colocando-me na conversa.

— Creio que engomar o linho seja a melhor forma de se ter um bordado impecável — respondi de forma amável.

Era assim que havia aprendido. Não que eu bordasse com frequência, porque odiava fazer isso, mas tinha aprendido com destreza como uma boa dama.

— Ah, não acredito! Nunca tentei essa técnica. Por isso a importância desses eventos, sempre aprendemos coisas fundamentais.

Pensei com tristeza em como eram fúteis. Poderiam aprender sobre como mudar seus pensamentos para serem livres da nossa sociedade machista, mas elas queriam saber como aprender a bordar em linho. Era desanimador.

— Outro dia, fui fazer um colete para Nicole e os pontos ficaram frouxos. Ah, céus, ficou horrível a roupa de minha filha. Se tivesse engomado... — ela completou.

A discussão então foi do bordado para a goma. Como conseguir engomar perfeitamente um tecido.

Abri o sorriso obrigatório, mas deixei de prestar atenção na conversa. Comecei a olhar uma criança que bem longe dali corria de um lado para outro, tentando pegar uma bola. Era uma menina de uns quatro anos ou menos. Era pequena e franzina, estava mal vestida e imaginei ser filha de alguma criada. Ela brincava sozinha, jogava a bola e corria para pegá-la, então jogava novamente.

Era triste vê-la só, porque ali perto da varanda, no gramado, deveria ter umas dez crianças brincando. Todas vestidas de forma impecável, aparência saudável e até gordinhas para a idade.

Era a discrepância das classes sociais refletida no rosto de uma criança.

Fiquei muito tempo observando, até que a pequena menina pareceu não perceber e foi se aproximando da varanda, então jogou a bola na direção das outras crianças que ali estavam. Por infelicidade, a bola acertou o rosto de um menino que deu um grito e colocou a mão sobre o nariz, que escorria sangue em demasia.

Rose se levantou assustada e saiu em sua direção. Deveria ser seu filho. Pegou o moleque no colo e outras mulheres foram até eles. Então vi o duque de Forste olhando com fúria e indo até a pequena menina que parecia paralisada, imaginando com certeza que seria punida.

Ele foi em sua direção e, quando a encontrou, pegou seu braço com tanta força que seus pés se afastaram do chão e saiu arrastando-a para longe do gramado.

Fiquei cega de ódio e, sem pensar no que estava fazendo, saí correndo atrás deles.

— Solte-a agora! — ordenei, apontando-lhe o dedo.

Minhas mãos tremiam de ódio. A menina me olhou com tanto medo e o duque parou, também me olhando, mas com fúria! Com muita fúria!

Não me importei, só conseguia respirar de alívio ao ver que ele soltara a criança e que ela havia saído correndo para os fundos da casa. Quando ele deu por si e percebeu que ela fugira, sua ira se voltou contra mim e levantou a mão em direção ao meu rosto. Foi muito rápido e, sem saber o que fazer, coloquei as mãos sobre o rosto na tentativa de me defender enquanto esperava o golpe, que não veio.

Fui preenchida por uma voz grave e trêmula:

— Não a toque. É uma ordem!

Paralisada, continuei com as mãos sobre o rosto e minha mente girando, girando, girando em busca de uma compreensão. Meu marido estava me defendendo? Era isso? Por Deus, ele estava ali?

Vagarosamente tirei as mãos do rosto, confirmando os meus pensamentos e meu coração deu um pulo. De alívio, surpresa, gratidão? Eu não sabia a resposta, mas ele pulava sem parar.

Quando meus olhos cruzaram com os seus, encontram compreensão ali, como se ele dissesse com o olhar que estava tudo bem, que eu tinha agido de forma correta.

— Não pode ordenar que a deixe impune — o duque de Forste indagou irado.

— Não estou pedindo isso! Apenas lhe garantindo que eu serei o responsável pela punição de minha esposa.

Meu estômago deu um nó. Senti náuseas diante das suas palavras.

— Vá para o quarto, Ana. — Encarou-me com os olhos sombrios. — É uma ordem!

Ordem? Como ele ousava me dar uma ordem? Então me lembrei da minha mãe doente, dos acordos e de que ele era meu marido. Sim, ele tinha o poder de me dar ordens. Então fiz o que estava ao meu alcance e dei ordens para o meu coração parar de ser burro, pois por um instante ele pensou que tinha sido compreendido por aquele homem que nada mais era do que um monstro como todos os outros.

Reverenciei-me a ele e ao que eu também era — uma mulher subjugada — e saí em direção ao quarto, sob os olhares horrorizados de outras mulheres que, em vez de sentirem compaixão, sentiam vergonha da minha atitude.

Nunca me senti tão impotente, tão incapaz e tão humilhada. Estava na hora de desistir do que gritava dentro de mim. Eu precisava me silenciar para sempre e aceitar que meu papel era de uma dama, e não de uma guerreira que lutava sozinha.

Nunca vi guerras serem vencidas por um único soldado, ainda mais se fosse uma mulher. Não tínhamos espaço, não tínhamos poder e não tínhamos voz. Éramos somente um adereço moldado para homens cruéis.

Eu precisava aceitar.

Uma lágrima escorreu e a limpei com a mão. Eu não poderia chorar também. Não era mais uma criança.

Capítulo Onze

SIMON

Um homem tinha tantos poderes na nobreza. Mas Simon tentava entender como poderia ter o poder de não ver aquela mulher triste. Era tão incoerente. Ele queria não se importar, mas quanto mais tentava, mais se importava.

Seus olhos foram da admiração para o ódio em questão de segundo! Pude ver claramente isso. Entretanto, não pude fazer nada, a não ser cumprir meu papel na frente de todos. Eu era um personagem, só não sabia se de uma comédia ou de uma tragédia.

Senti vontade de abraçar Ana e dizer que estava certa, que não deveria agredir um ser indefeso como uma criança.

Lembrei-me, mesmo sem querer, de todas as vezes que fora punido pelo meu pai com tanta ira, das marcas da violência que me oprimiram por tanto tempo e dos ossos quebrados. Lembrei-me de tudo com horror, porque tentava esquecer todos os dias aquilo. E era por isso que estava naquele papel, porque sempre fui ferido de todas as formas! Por meu pai, minha mãe, meu irmão e pela mulher que tanto amei.

Isso fez com que recuperasse a consciência e tivesse forças para pedir que Ana saísse dali e garantisse ao duque que ela levaria uma surra no quarto. Era assim que as mulheres desobedientes deveriam ser tratadas. Mas eu era incapaz de bater em alguém. Sabia muito bem disso!

Iria puni-la de outras formas, afinal, ela tinha que ser perfeita em sua primeira aparição como minha esposa. Estava ganhando e muito para isso. Entretanto, lá estava Ana Elizabeth colocando tudo a perder, mostrando mais uma vez que eu era um perdedor, um frouxo que não conseguia colocar o cabresto em nenhuma mulher.

Saí pisando firme, com os olhos cegos para não ver o que as pessoas pensavam, porque, sim, os olhares sempre contavam os pensamentos, e não estava preparado para ver a vergonha que eu era novamente.

Ana precisava de um castigo, mesmo eu odiando isso e sabendo que ela estava coberta de razão.

Pensei em tudo que poderia fazer para feri-la. Era tão fácil ferir o coração de uma mulher. No entanto, todas as opções me enojavam e me entristeciam. Imaginar aquela mulher chorando de repente fez algo que eu repudiava. Mas repúdio mesmo senti quando abri a porta do quarto e ela deu um pulo para trás, com os braços cruzados e os olhos cheios de medo, como um gato acuado sem ter para onde correr.

Senti-me o pior dos homens. Busquei lembrar-me do que me trouxera ali. Tentei me lembrar das traições, do meu ódio pelas mulheres e... nada! Não dava para sentir ódio daqueles olhos acuados, com medo.

Eu queria tanto ter poder sobre as mulheres, mas ali estava eu, com todo poder nas mãos, e ele não me trouxe satisfação. Era um peso que eu não estava preparado para carregar. Doía o corpo e a alma.

Dei um passo em sua direção, porque queria que visse em meus olhos que eu nunca seria capaz de machucá-la.

Ela se encolheu ainda mais. Seu corpo tremia e seu rosto estava pálido.

— Desculpe-me, por favor, desculpe-me, eu não tive a intenção... — Tentou falar, e as palavras se perderam no ar.

A janela estava aberta e dava uma visão para o jardim, de onde pude ver que éramos observados. Caminhei até lá e puxei as cortinas e isso só fez com que seu medo aumentasse.

— Pode me punir, mas, por favor, não desfaça nosso acordo. Olha, estou aqui para ser punida da forma que achar necessário, mas não deixe que minha mãe pague pelos meus erros.

Foi aí que percebi que ela não tinha medo de apanhar, de ser agredida. Ela tinha medo de perder a mãe. Por um instante, fiquei com inveja desse amor, porque ele não tinha medidas e eu nunca tinha sido amado dessa forma. Pelo contrário. Eu sempre fui trocado por muito pouco.

Eu era incapaz de dizer alguma coisa, porque tudo que eu queria era consolar aquela mulher! Por Deus! Ela era uma estranha!

— Você está com medo? Acha que sou capaz de agredi-la? — perguntei, tentando entender quais sentimentos despertava nela e ver se meus pensamentos estavam certos, porque talvez, se visse sua fraqueza, eu poderia esquecer os sentimentos que nutria por ela naquele momento.

— A única coisa que me dá medo nesta vida é perder minha mãe. E você pode ser o responsável por isso. — Foi sua resposta, encarando-me. Seu olhar de repente mudou. Era arrependimento. Ela sabia que essa não era a resposta certa. — E respeito — ela completou. — Tenho muito respeito por você, milorde.

Então, nesse momento, pude ver que ela mentia. Ela não tinha respeito nenhum por mim. Parecia ter raiva, ódio. Foquei seus olhos, tentando entender qual sentimento seria e, sim, era um misto de desprezo e ódio.

Aproximei-me e vagarosamente encostei a ponta do meu dedo direito em seu rosto. Estava frio e sedoso.

— Veremos! — afirmei, sussurrando perto do seu ouvido. — Creio que tocá-la seja a maior punição que poderá receber, porque sei que não deseja isso. Não vou desfazer nosso acordo, mas vou puni-la todas as vezes que me fizer passar vergonha.

Senti sua respiração parar. Um silêncio absoluto invadiu o quarto.

Desci meus dedos por seu pescoço, passando por cima do vestido até chegar ao seu seio.

Ela arfou e, como não estava olhando seus olhos, não poderia dizer se era desejo, medo ou repulsa, mas acreditava na última opção.

Sabia muito bem que as mulheres descentes odiavam deitar-se com os homens, mesmo os amando. Imagina quando os odiavam?

Minha mente tentou trazer o passado e relances de outra mulher gemendo em meus braços surgiram, mostrando como era diferente.

Respirei fundo e afastei os pensamentos, concentrando-me no que deveria fazer ali. Estava na hora de consumar o casamento. Isso deveria ter acontecido no primeiro dia, mas posterguei por motivos que não entendia muito bem. Agora não dava mais! Se alguém desconfiasse, o casamento poderia ser anulado e aí, sim, a vergonha seria maior do que todas.

Eu puniria Ana da pior forma! Tocando-a sem sentir desejo algum e sentindo a sua repulsa do outro lado.

Não teria como ser diferente. Mesmo a desejando nesse momento, sabia que, quando encontrasse seus olhos frios e seu corpo congelante, todo o desejo carnal se esvairia.

— Devo colocar minha camisola? — ela perguntou, interrompendo o silêncio dos meus pensamentos.

Afastei-me, olhando seus olhos que agora realmente com medo e confusos aguardavam minha resposta.

Gargalhei! Porque isso era tão ridículo! As mulheres vestirem camisolas adequadas para o ato, apagarem as velas, deitarem e esperarem o homem levantar suas vestimentas até a cintura para possuí-las sem desejo algum, cumprindo um ritual que a sociedade impunha! E até no quarto fechado, entre quatro paredes, éramos comandados por convenções ridículas.

Mas era este o meu desejo, não era? Uma dama perfeita da sociedade! Uma boneca de louça fria.

— Faça isso — ordenei.

Ela se afastou e dei-lhe as costas. O desejo que senti sumiu como fumaça diante da possibilidade de deitar-me com um objeto, com uma louça fria, uma boneca sem sentimento algum.

Percebi que a punição seria minha também e, de alguma forma, meu corpo sentiu alegria nisso, porque, mesmo tentando seguir em frente, a vontade de punir-me por ter sido tão imbecil no passado prevalecia.

Ouvi barulhos e me virei. Ela voltara vestida e se ajeitava na cama, aguardando-me.

O próximo passo seria apagar as velas, mas não o fiz. Seria a única coisa desse ritual ridículo que eu mudaria.

Eu queria ver seu rosto de nojo e desprezo, para ter certeza de que a punição que lhe seria dada seria ideal.

No fundo, ver seu desprezo também me acalmaria, porque eu saberia que o casamento era perfeito e que nenhum sentimento sairia daquela cama.

Aproximei-me e comecei a tirar o cinto sem perder seu olhar que foi de medo ao desespero.

Com toda certeza, ela não esperava a claridade. O escuro era um bom aliado das mulheres.

Joguei o cinto no chão e me aproximei da cama, abaixando-me até tocar seu tornozelo, então lentamente fui erguendo sua camisola até a cintura, deixando que minhas mãos percorressem suas pernas e percebendo o arrepio de sua pele por onde eu passava.

Elas eram quentes como fogo! Meu coração deu um salto, despertou e o senti bombeando sangue por todo o meu corpo.

Eu ia me queimar, era tarde demais. Eu precisava puni-la e possuí-la.

Retesei o olhar. Não queria ver desprezo no seu rosto, mesmo sabendo que isso era necessário para que o casamento desse certo. Mas eu estava tão cansado de receber desprezos que, por um momento, permiti-me esquecer e somente sentir...

Respirei fundo, tentando me conter e levei uma mão até a camisola de tecido fino e delicado. Olhar seu rosto de pavor faria aquele fogo se apagar.

Vagarosamente fui erguendo meus olhos, como se temesse esse momento. Entretanto, o que encontrei não foi medo nem desespero. Encontrei decepção, raiva e outras coisas que eu não conseguia decifrar no momento.

Aquilo nunca seria uma punição. Aquilo era, na verdade, o maior castigo que ela poderia me impor, porque, mesmo sem saber, tocar uma mulher sem seu consentimento era algo que nunca me daria prazer, que nunca traria alívio para a minha alma.

Todos deveriam pensar o contrário, deveriam acreditar que me tornei um carrasco nos últimos anos, mas por dentro eu continuava o imbecil de sempre. E, quando pensei ser um professor que daria uma lição, eu parecia uma criança perdida, desesperada, aflita...

Afastei e dei-lhe as costas, envergonhado por pensar em tocá-la sem que ela desejasse. Era repugnante demais, e me enojei só de imaginar isso.

Os anos passavam, e parecia que nada mudava.

Senti uma gota de suor descer por meu rosto e passei a mão para contê-la. Parecia que alguma coisa tinha mudado, sim. Quando Ana estava por perto, o frio de alguma forma ia embora. Era estranho, preocupante, mas muito reconfortante.

PAULA TOYNETI BENALIA

CAPÍTULO DOZE

ANA ELIZABETH

Ana procurava respostas que ela não tinha ou talvez, se tivesse, ela nunca poderia dizê-las em voz alta. Na verdade, uma dama nunca nem pensaria em elevar a voz, muito menos pensar.

Esperei o castigo, sentindo um turbilhão de sensações dentro de mim. Era um misto de raiva, medo e frustração.

Fechei os olhos e o esperei me tocar, já que por algum motivo ele deixou o quarto com todas as velas acesas.

Respirei fundo e esperei. Pensei em como aquele momento seria o mais difícil da minha vida, o mais doloroso. Nem seria por sonhar com amor, porque esse sonho eu já tinha abandonado havia muito tempo. Seria por ser agredida daquela forma. Sim, era uma agressão tocar alguém que não deseja ser tocado. Os homens nunca entenderiam isso e pensei em meu íntimo que ao menos meu irmão deveria entender. Mas não era verdade. Ele entendia somente o que lhe convinha.

Senti a mão de Simon tocar meu tornozelo e deslizar subindo minha camisola. Esperei a repulsa, mas tudo que pude sentir foi um fogo tomando conta do meu corpo. Eu estava em chamas com um simples toque daquele homem.

Tentei entender o que se passava dentro de mim e tudo que pude sentir foi ódio de mim mesma, de pensar por algum momento que aquilo poderia ser prazeroso. Eu estava sendo invadida sem minha permissão e, mesmo sabendo que uma mulher não precisava dar permissão para nada, era difícil aceitar isso. Meu corpo me traía e expressei no olhar a raiva que isso me causou. Foi quando seus olhos se encontram com os meus e ele se afastou, dando-me as costas.

Eu deveria ficar aliviada. Então por que me sentia tão frustrada e perdida, buscando entender o que tinha acontecido ali?

A sensação foi de que eu não era mulher suficiente para aquele homem tão imponente que se encontrava na minha frente, aquele homem que parecia comandar as pessoas com um simples olhar...

Esperei-o me olhar novamente, na tentativa de desvendar seu olhar.

Ele permaneceu de costas e em silêncio por um longo tempo. Eu fiquei parada e sem saber como agir, esperando seu próximo comando e tentando organizar meus pensamentos que estavam uma bagunça muito maior do que a minha vida já era.

Permiti sentar-me na cama e passei a mão para colocar a camisola no lugar. Por fim, ele se virou e seus olhos se encontram com os meus. Eles eram frios, sem sentimento algum. Passei as mãos por meus braços, sentindo um arrepio na pele com seu olhar. Era frio e vazio de tal forma que chegava a dar pena.

— Como pode ver, não sou capaz de tocar uma mulher que não me deseja — falou. — Parece que algumas coisas nunca mudam — completou com pesar.

Eu esperava qualquer coisa, menos essa confissão carregada de uma honra que eu não via havia muito tempo em um homem. Como era possível um homem que comprara uma mulher como um objeto não ser capaz de tocá-la?

Meus pensamentos ficaram mais confusos do que nunca.

Assenti, engolindo seco, tentando me recompor de tantas coisas que tinham acontecido na última hora.

— Você sabe que uma hora isso terá que acontecer, espero que me ajude. Quando estiver disposta, avise-me ou terei que devolvê-la ao seu irmão e cancelar o nosso acordo — falou por fim de forma rude, deixando-me confusa novamente.

Era a primeira vez que ele me considerava como pessoa que tinha escolha de alguma coisa e, mesmo sendo de forma tão confusa e rude, consegui esboçar um pequeno sorriso. Talvez o primeiro depois de tantos dias.

Assenti, garantindo-lhe que faria isso, sem pensar muito em quando e de que forma.

— Vou sair para caçar, mas preciso que se recomponha e que esteja preparada para o jantar. Acha que consegue se comportar de forma adequada? Pode fazer isso por mim só esta noite? — perguntou, passando a mão pela testa. Parecia cansado.

— Sim, milorde, desculpe pelo episódio. Não vai se repetir.

Dessa vez o pedido de desculpas era sincero. Tínhamos um acordo e eu tinha um papel que precisava representar. Era simples ou tinha que ser.

Ele deu as costas e caminhou até a porta, então parou, olhando novamente.

— Ana, posso fazer uma pergunta?

Minha vontade nesse momento era gargalhar. Desde quando um homem precisava de permissão para me perguntar algo?

— Sim, milorde — respondi, contendo o sorriso de forma cordial.

— Acha mesmo que vale a pena dar sua vida por alguém como você está fazendo?

Desviei os olhos, atordoada com a pergunta, mas respondi sem pestanejar:

— Estou dando a vida a quem me deu a vida. Não é sobre valer a pena. É sobre amor e nada além disso. Quando se tem a sorte de poder amar alguém além da sua própria vida, com toda certeza vale a pena.

Ergui o olhar e o encontrei assentindo enquanto mordia os lábios, pensativo.

— E o que você acha que é sorte, Ana? Sempre que vou a casas de jogos me pego pensando nisso. Existem pessoas que sempre ganham tudo e outras que perdem até a honra — exclamou.

Respirei fundo, antes de responder sua pergunta curiosa.

— Sorte não é ter dinheiro, ganhar jogos ou vencer todas as rodadas de cartas. Sorte é enxergar que tem tudo, quando não se tem nada. Sorte é saber que alguém no mundo o ama e se importa com você, é ter alguém para puxar sua cadeira sem que seja um ato de convenção, mas uma preocupação de que a pessoa se sente no lugar errado e caia no chão. E isso vai muito além da matéria.

Cerrei os lábios, pensando se não tinha falado em demasia. Eu adorava falar, sempre fui tagarela. Os últimos anos tinham me abafado, mas por dentro eu continuava com todas as falas engasgadas em algum lugar no meu profundo ser.

— Acho que você superestima o amor. Chega a ser até infantil a forma como pensa.

Não entendi qual era a intenção do seu comentário, se me alertar ou me ofender. Então fiquei muda.

— Na verdade, não a quis ofender — ele murmurou, estendendo a mão, como se lesse meus pensamentos. — É que creio ter começado errado nossa relação. Pensei em ter uma mulher muda e que cumprisse todos os meus caprichos, afinal isso é um casamento, mas entender sua forma de pensar será importante para que isso funcione e para que situações como a de hoje não se repitam.

Balancei a cabeça, como se concordasse, mas sentindo raiva por suas palavras. Na verdade, o que gostaria era de entender meus pensamentos e prever meus passos, para que assim eles pudessem ser contidos. Contudo, era contraditório, porque eu não poderia pensar nem agir da forma que gostaria, não era isso? Claro que era.

Peguei-me pensando se ele não se importava com aquela criança que seria espancada sem ter feito nada de errado.

— Você evitou que aquela criança fosse punida ali, mas ela será punida mais tarde, provavelmente de forma muito mais cruel. Continuará sendo punida durante toda a sua vida, cada vez com mais crueldade, pelo simples fato de não carregar um brasão de família e de não ter dinheiro suficiente para comprar uma posição social — declarou Simon, como se novamente lesse meus pensamentos.

— Será punida porque pessoas como você se acham melhores que outras e se omitem com suas roupas chiques, seus cavalos de raça, seus brasões pendurados em quadros e suas esposas perfeitas. Mas conseguem dormir sabendo de tudo isso? Conseguem descansar em seus lençóis caros? Eu não consigo. Essa é a nossa diferença.

Ele sorriu de forma cínica. Minha vontade era de dar um tapa em sua cara por aquele sorriso, que parecia deboche, além de cinismo.

— A nossa diferença é você ser mulher e eu homem. Isso é o que nos define nesta sociedade.

Lancei um olhar astuto em sua direção, sabendo que deveria parar, mas sem conseguir me controlar.

— O que define as pessoas nunca será o vestido que a cobre, mas sim o caráter que a veste.

Simon balançou a cabeça.

— O caráter, mesmo tecido em seda pura, quando toma a forma de uma saia, perde o seu valor de mercado. No final, o caráter só tem valor se for tecido em forma de calças.

Dei-lhe as costas e cerrei os punhos, querendo voar em sua direção e estapeá-lo, porque era isso que merecia por ser insolente e dizer palavras tão rudes e mesquinhas.

Respirei fundo, buscando controle, arrependida por aquele casamento, que, mesmo sem escolha, entendia que poderia me conter. Mas ia muito além da minha capacidade. Senti vontade de vestir uma máscara e sair pela cidade sendo quem eu gostaria de ser, como no baile, naquele dia. Poder conversar com um homem como aquele que entendia os meus sentimentos e os colocava equiparados aos seus sem vestidos ou calças que impedissem a equação.

— Creio que essa conversa foi muito esclarecedora sobre sua personalidade. Comprei um produto que de longe era o que me foi vendido. Mas terá que servir. E você vai se adequar às suas vestimentas. Vai se controlar e descer para o jantar como a dama que me foi prometida. Se algo a importunar, vamos discutir no quarto quando voltarmos. Darei a você a liberdade de ser o que quiser ser dentro do nosso quarto, entre quatro paredes. Creio que já é muito mais do que lhe foi prometido. Consegue fazer isso esta noite? — perguntou, como se eu tivesse alguma escolha.

Voltei a encará-lo, piscando algumas vezes e engolindo seco as palavras que desciam queimando.

— Claro, milorde. — Abri um sorriso falso. — A dama que precisa o aguarda ansiosa, principalmente pela liberdade concedida de ser livre dentro de uma prisão. — Fiz uma reverência e lhe agradeci. — Obrigada pela infinita bondade.

Esperei sua ira, mas recebi uma gargalhada, que escutei por um longo tempo ecoando em meu ouvido, mesmo quando ele partiu, batendo a porta.

Eu o odiava com toda a minha alma. Queria poder esbofeteá-lo até não conseguir mais. Almejava que ele morresse assim que subisse em um cavalo. Sonhava com a sua desgraça.

Saí andando pelo quarto e tropecei em seus cintos que ficaram no chão.

Minha mente imaginou poder descontar toda a raiva que tinha dele, mas que ele estivesse nu, na minha frente. O pensamento me assustou. Não era hora para tais coisas. Eu não poderia desejar alguém que eu odiava tanto. Era inconcebível nutrir qualquer sentimento por aquele homem que não fosse raiva! Era inadmissível!

PAULA TOYNETI BENALIA

Capítulo Treze

SIMON

Parecia simples mudar palavras escritas no papel, mas não era. Você poderia rasurar, alterar alguma coisa ou espalhar tinta por todos os lados, borrando as escritas e tornando-as ilegíveis, mas tudo isso era sinal claro de que ali, naquele lugar, alguém tentou esconder ou modificar algo. Simon tentava fazer o mesmo com as lembranças do seu coração e, por mais que tentasse apagá-las, era impossível. Elas estavam cravadas em seu peito, mostrando que alguém o ferira de forma cruel.

Bati a porta do quarto e saí carregando uma imensidão de pensamentos confusos. A primeira palavra que vinha em minha mente era "fascínio". Sim, eu estava fascinado pela mulher que escolhi para ser minha esposa, e não era por sua beleza, que, sim, era muito impressionante também. Mas beleza nunca foi o meu fascínio. Estava encantado por sua força, sua persuasão e sua inteligência.

Ela não era nem de longe o que eu precisava. Era uma escolha muito ruim! Onde estava a mulher perfeita, a dama contida e submissa que escolhi? E de onde eu tinha tirado a ideia de lhe dar liberdade de ser livre dentro do quarto? Que diabos! Eu estava enlouquecendo!

Saí em direção aos estábulos e peguei um cavalo. Cavalgar sempre me ajudava a espairecer e colocar os pensamentos em ordem.

Como um fleche, lembrei-me do meu antigo amor cavalgando e sorrindo na garupa do meu cavalo, enquanto gargalhava e gritava para que eu acelerasse o galope. Ela era tão livre e tinha o sorriso mais verdadeiro que eu tinha conhecido, mas vi tudo isso escapar por entre meus dedos e deixar um rastro de destruição no meu coração.

Lembrei-me das promessas que lhe fizera e de como fora verdadeiro, genuíno e puro em todos os meus sentimentos. Contudo, ela colocou todos embaixo da sola do seu sapato e saiu pisoteando sem dó nem piedade.

Os pensamentos foram ficando mais sombrios e me lembrei também de tempos que fora ferido até a alma por outras pessoas que tanto amei.

Balancei a cabeça, tentando esquecer tudo aquilo. Na verdade, meu coração parecia me lembrar da dor, para que eu pudesse me afastar do perigo. Ana Elizabeth era muito perigosa!

Parecia impossível me afastar de tudo aquilo e, quanto mais tentava, mais frio meu coração ficava.

Ana Elizabeth o aquecia de alguma forma estranha. Precisava entender tudo isso e me afastar urgentemente, antes de ser machucado de novo. Não tinha mais nada dentro de mim para ser ferido novamente.

Eu estava como um soldado voltando da guerra, depois de ter perdido todas as batalhas e chegar carregando somente sua honra, ferido por dentro e por fora.

Não dava para enfrentar outra batalha e perder. Era uma guerra que eu não estava disposto a enfrentar.

Afastar-me! Era isso! Precisava me manter afastado e alerta.

E ainda tinha toda a confusão que ela tinha causado para consertar. Eu não tinha mais espaço para erros naquela sociedade que não perdoava ninguém.

Não sei quanto tempo fiquei cavalgando sem sentido, mas, quando voltei, já tinha anoitecido e Ana me esperava no quarto vestida lindamente.

Parei para observar por um minuto se tinha algo fora do lugar, alguma imperfeição que eu pudesse corrigir. Seu cabelo estava preso em um coque impecável, nem um fio de cabelo rebelde escapava. Seu rosto era branco feito uma pluma e as bochechas coradas mostravam o quanto ela estava saudável. O vestido era elegante e de um tom rosa-claro que a deixava chique, mas sem ser extravagante. Não tinha nada de indecente, nada de imoral!

Imaginei-a vestida de vermelho, com um decote que deixava os seios quase amostra, mas, claro, ela não era aquela mulher nem nunca seria. Eu não permitiria!

Senti meu corpo se arrepiar com a imagem que minha mente formava dela. O perigo estava ali, na minha frente, e eu precisava contê-lo.

Não a cumprimentei e friamente fiz sinal para que me acompanhasse. Obedecendo, ela caminhou lentamente em minha direção e lhe estendi o braço. Quando seus braços tocaram os meus, a sensação de calor chegou junto, e ignorei por todo o percurso que caminhamos em silêncio até a sala onde os convidados estavam sendo recepcionados.

A noite parecia longa e interminável. Eu não estava mais acostumado a ser sociável. Era um desafio manter conversas longas, ser cordial e sorrir. Já Ana Elizabeth parecia finalmente ter se adaptado ao seu papel.

Sorria com gentileza, tentava dar atenção a todas as damas ali presentes e chegou a tentar algumas trocas simpáticas de olhares comigo. Essa parecia ser sua maior dificuldade no momento. Os olhares que deveriam ser amigáveis vinham carregados de dúvidas e algumas vezes até de raiva.

No jantar ela deu um novo espetáculo e se portou de forma impecável à mesa. Parecia estar tudo perfeito e seguindo seu curso, e eu buscava felicidade em ter finalmente tudo sob controle. Mas alguma coisa me incomodava. Eu odiava aquilo para o qual estava ensaiado ser perfeito. Eu odiava a perfeição.

Quando Ana foi convidada para tocar uma música no piano elegante disposto no meio da sala, torci com veemência para que errasse uma nota, porque sua postura e seus longos dedos dançando sobre as teclas eram tão perfeitos que me irritavam. Mas ela não errou! Ela foi perfeita novamente e os aplausos no final, seguidos do seu sorriso contido, fizeram-me odiar aquela personagem. Eu sabia que ela era muito mais que aquela boneca de louça que demonstrava.

Quando nos separamos e fui jogar cartas com os homens, perdi todas as partidas e apostas, porque minha mente tentava entender quão eu odiava o que tão veemente tinha buscado por tanto tempo.

Eu queria perfeição! E eu a tinha! O que estava errado?

Eu estava errado, torto e talvez cheio de defeitos, porque, mesmo sabendo do que precisava, queria o que tinha perdido no passado e almejava o que não poderia ter no futuro. E a gota d'água veio do lorde Clementon, que com sua arrogância foi o primeiro a dizer o que pairava na cabeça de todos.

— Finalmente conseguiu comprar um cavalo domável que parece se encaixar perfeitamente no seu cabresto. Dessa vez não deve levar uma rasteira.

Cerrei os pulsos e fiz uma força extrema para não dar um soco em sua face, descontando toda a raiva que o dia me proporcionara. Enruguei a testa e passei a mão pelo rosto, buscando uma resposta adequada, porque todas as que tinha em mente eram terrivelmente inadequadas.

— Cada um compra o que lhe apraz, o que cabe em seu bolso e o que merece ter, caro Clementon. Como pode ver, seu dinheiro era pouco na época que escolheu sua esposa e por isso vemos você se satisfazendo com outras todos os dias, já que a sua parece não lhe ser suficiente.

O tom duro na voz e o humor sombrio era para demonstrar o quanto eu não estava animado para conversas sobre passado e sobre minha atual esposa.

Ele me lançou um olhar frio.

— Quer dizer que você andava devendo até as calças quando resolveu noivar com Amália? Porque aquele cavalo, sim, estava valendo pouco ou quase nada. Ou os boatos de que você a pegou na cama com seu irmão fazendo coisas ilícitas eram falsos?

Senti meu sangue ferver, levantei-me pronto para agarrar seu colarinho e dar-lhe uma surra ali mesmo. Então senti um toque leve em meu ombro e um perfume doce invadindo as minhas narinas.

— Simon, estou indisposta. Se importaria de me acompanhar até o quarto? — Ana perguntou de forma gentil.

Era isso! Eu não poderia ficar revidando a todas as provocações do passado. Elas precisavam parar de me atingir daquela forma. Eu tentava enterrar o passado, mas o deixava me afetar a todo instante.

Assenti, encarando-a para ver se tinha algum traço ali de palidez, se ela realmente passava mal ou se era uma desculpa para me salvar daquela confusão.

— Vou me retirar, Clementon. Minha esposa precisa de mim, mas lembre-se de que, na verdade, Amália era um diamante falso. Paguei caro por algo que valia muito pouco. Mas estou grato porque agora, sim, tenho uma joia de valor.

— Não foi o que me pareceu hoje à tarde — ele rebateu, não cedendo às minhas conversas que não convenciam nem a mim mesmo.

— As melhores joias nem sempre estão polidas, pelo contrário, as mais valiosas, as mais raras chegam deformadas por camadas que o próprio tempo depositou nelas e precisam de lapidação. Prefiro essas às que já vêm prontas e são falsas.

Dei-lhe as costas, pegando Ana pela mão e saindo dali. Caminhei até o quarto, sentindo todo o peso da ira nos meus pés, cego de raiva não por Clementon, mas por me deixar abater por tão pouco. O passado nunca tinha sumido. Ele era a minha sombra dia e noite.

Abri a porta do quarto e a esperei entrar, acompanhando-a em seguida e batendo a porta com toda a força que tinha. O barulho da madeira fez Ana dar um pulo. Ela se assustou.

— Desculpe-me — falei sem pensar.

— Não precisa se desculpar — ela falou, encarando-me. — Não por isso — completou.

Seus olhos me encaravam com curiosidade e talvez até pena. Gostaria de sentir raiva por ela sentir pena de mim, mas seus olhos eram um bálsamo de beleza que me inundavam de calor. Um calor que aqueceu meu coração frio por alguns instantes.

— Por que se deixa abater por ela? Ainda a ama ou está ferido? — perguntou-me sem ressalvas.

Parei para pensar, mas não na resposta, e sim se responderia. Ana era minha esposa, no entanto era uma estranha da qual eu faria de tudo para ficar distante. Mas que mal teria conversamos um pouco? Que mal teria falarmos sobre o que me sufocava? Talvez seria muito melhor falar em vez de sair dando socos em todos que me afligiam.

— Eu não acho que seja amor. Creio que nunca foi, porque amor só pode ser vivido por dois e, quando só um ama, não é amor, é tolice.

Ela riu, mas não foi um riso de deboche, e sim doce, um sorriso cheio de graça e ternura ao mesmo tempo. Ela conseguia fazer as duas coisas.

— Deve estar ferido e se achando tolo.

Abri um sorriso em retribuição, porque de alguma forma eu me sentia em casa ao seu lado, como em uma bela manhã de domingo, em um chalé aconchegante, tomando um chá quente e vendo a chuva cair do lado de fora, sobre a grama. Ana era reconfortante, estranhamente reconfortante, até porque tínhamos trocado poucas palavras e sem intimidade nenhuma.

— Na verdade, o problema nunca foi o amor, foi a traição. Nada dói mais do que você depositar a sua vida nas mãos de alguém que lhe dá as costas sem pestanejar por nem um segundo. Amália estava na cama em um dia, e no outro ela levou embora muito mais que meu coração...

Parei de falar, lembrando que aquilo não deveria ser compartilhado com alguém com quem eu não queria intimidade.

— Acho que isso não importa mais, não é? Agora você é minha mulher e isso é o que importa para toda essa sociedade — falei sem convicção, porque esse era o motivo do nosso casamento. E eu sabia muito bem que o passado estava ali, mais vivo do que nunca, sendo escancarado em minha face, e que Amália sempre seria a sombra do homem que já fui um dia.

Aquele casamento sem sentimento algum nunca convenceria Londres e Ana Elizabeth nunca seria a dama perfeita, porque a olhando ali eu sabia que ela nunca seria aquela mulher. Ela também era uma farsa vendida para mim.

— Vou fazer com que esqueçam Amália, darei o meu melhor para que você recupere seu lugar na sociedade — ela garantiu, com um sorriso gentil. Isso me fascinou, porque eu sabia que ela não queria estar ali, sabia o quanto estava magoada, abatida e triste, no entanto estava fazendo uma promessa para me alegrar.

A sensação de calor voltou, meu peito se inundou de paz e minha pele se arrepiou de desejo. Senti vontade de beijá-la, senti vontade de muito mais do que beijá-la, então, como um balde de água congelante caindo sobre meu peito, lembrei como era perigoso e que, não, eu não poderia depositar minha vida nas mãos de mais ninguém.

Encarei-a dessa vez com o olhar mais sombrio e vazio, sentindo meu coração congelar novamente.

— Não será suficiente, Ana. Embora dê o seu melhor, você nunca será a mulher perfeita que preciso. Precisa-se de muito mais que beleza para ser perfeita em Londres.

Senti seus olhos se apagarem, seu sorriso murchar e seu semblante escurecer.

Gostaria de lhe dizer que Londres não a merecia e que eu não precisava de uma mulher perfeita, pelo contrário, que eu precisava de uma mulher cheia de defeitos que me amasse com todos os meus, mas eu não disse nada. Deixei que pensasse o pior de mim, pois era mais fácil assim. Era melhor, era o certo a se fazer.

Dei-lhe as costas e saí do quarto. Eu dormiria ao relento naquela noite, porque não poderia compartilhar o quarto com ela. Era mais do que eu poderia suportar e era o mínimo que ela merecia.

Saí andando pela escuridão da noite, tentando encontrar meu caminho, escutando cada respiração minha, tentando entender tudo de que precisava.

Estava confuso, estava perdido e estava com medo.

Eu era um duque!

Ninguém poderia saber que um duque tinha medo ou fraquezas. Talvez a pior farsa de Londres fosse eu.

Sentei perto de uma árvore, encostando minhas costas no tronco e me deixando descansar ali.

Gostaria de chorar por horas, de colocar para fora toda a dor de uma vida, mas não conseguia. Eu tinha que ser um lorde, mesmo odiando tudo aquilo.

Capítulo Catorze

ANA ELIZABETH

A noite sempre deveria trazer descanso, paz, alívio, mas, quando o dia era nebuloso, a noite era uma tempestade. Ana esperou que o sol trouxesse paz, mas ele só lembrou que tudo se repetiria, porque a dor não iria facilmente embora.

O dia chegou me atropelando, como uma carruagem desgovernada. Tínhamos mais um dia e uma noite para ficarmos ali, porém eu não tinha mais certeza se estava preparada para tudo que teria que enfrentar.

As palavras de Simon tinham me ferido muito mais do que imaginei. Mas, principalmente, sua indiferença e sua frieza.

Em um instante, eu me sentia em casa, conversando com alguém que tinha sentimentos; no outro, era como estar diante de uma pedra de gelo, fria e sem piedade. E, para piorar, estava longe, então não poderia visitar minha mãe.

Abri as cortinas e deixei o sol entrar pelas janelas na tentativa de buscar alguma força. Olhei para o gramado verde que se perdia lá fora e onde alguns casais caminhavam. Pareciam felizes, mas sabia muito bem que na sociedade sorrir a luz do dia era a ilusão pura de felicidade, pois, quando o sol se punha, os sorrisos dos homens eram muito mais com prostitutas e amantes do que com suas próprias esposas.

Peguei-me pensando se Simon mantinha amantes e frequentava prostíbulos. Eu não era ignorante a ponto de não saber o que se passava naqueles lugares.

Senti um sentimento estranho em mim e pensei, por um instante, o que seria, até me dar conta de que era ciúme de que alguma mulher que não fosse eu o tocasse.

Balancei a cabeça.

— Você deve estar muito louca, Ana Elizabeth — falei comigo mesma.

Deixei que os pensamentos se dissipassem e decidi tomar um banho. Isso me acalmaria.

Bati o sino para que algum criado pudesse aprontar a banheira e pedi água quente, escaldante e cheia de camomila. Era o que precisava no momento.

Encostei na banheira e fiquei ali até a água esfriar, pensando em mil coisas sem sentido.

Pensei em como Amália era sortuda, porque teve homens que a amavam de verdade. O único homem que achei que nutria algum sentimento de afeto por mim era meu irmão, entretanto, como o tempo mostrou, eu era apenas uma moeda de troca.

Simon brigava por ela ainda, mas ela nem estava mais ali para fazê-lo sorrir.

Deveria ser maravilhoso sorrir com alguém que se amava, porque você poderia gargalhar sem medo de ser repreendida e em resposta teria um sorriso do outro lado, algo genuíno, único.

Sonhei em sorrir com alguém que me amasse de verdade e a realidade veio me lembrando que estava casada com alguém que jamais me amaria. Isso era impossível.

Quando a água ficou congelante, decidi sair e me aprontar caso Simon me requisitasse. Mas não foi o que aconteceu. Passei o dia trancada no quarto esperando seu retorno que não aconteceu. Eu não tinha ordens para sair do quarto, então pedi que a comida fosse servida ali mesmo.

Estava só, mais só do que nunca, com um sentimento de impotência, de não poder ser livre, sair dali e buscar minha felicidade. Era cárcere da minha vida, prisioneira de um casamento que nunca me faria feliz.

Lembrei-me da festa à fantasia que tinha estado antes de me casar, de como fui livre aquela noite e do cavalheiro que foi meu companheiro. Ele era tão diferente de Simon... Ele me via como igual. Ali eu não era uma mulher, ali eu era uma pessoa como ele, sem diferenças, sem sociedade, sem obstáculos colocados por vestidos!

Desejei voltar o tempo, àquela noite....

Lembrei-me do livro que tinha escondido no baú junto das minhas roupas e trazido junto comigo, então corri até lá e o peguei. Lá estava ele, meu livro libertador. Abracei-o sabendo que dentro daquelas páginas encontraria consolo.

Abri uma página qualquer, sem sentido.

<small>O perigo não está em amar. O perigo está em ser aprisionado por um amor. Quando o amor é genuíno, ele não precisa de palco, enredo, máscaras nem de nenhuma cena previamente escrita. Ele só precisa ser.</small>

O ACOLHIMENTO DO QUE SOMOS É A MAIOR PROVA DE QUE ESTAMOS SENDO AMADOS. SE NÃO FOR DESSA FORMA, NÃO EXISTE AMOR, EXISTE UM CONTRATO, NADA ALÉM DISSO.

Ah, como gostaria de saber quem escrevera aquelas palavras que tanto me compreendiam.
Folhei outra página.

NÃO SE DEIXE SEDUZIR POR OLHOS QUE BRILHAM. DEIXE-SE ENCANTAR POR LÍNGUAS AFIADAS. NÃO SE DEIXE ENGANAR POR BRAÇOS QUE TE ENTRELAÇAM. DEIXE-SE AMAR POR MÃOS QUE LHE ABREM PORTAS. NÃO SE ILUDA COM CORPOS ATLÉTICOS QUE PODEM CORRER RAPIDAMENTE. DEIXE-SE ENTREGAR A CORPOS QUE ANDAM LENTAMENTE E QUE SEMPRE LHE DEIXAM IR À FRENTE.

Quem escreveu aquelas palavras parecia ter se libertado de um falso amor e se entregado a algo muito maior. Senti inveja da sua coragem, até de escrever aquelas palavras.

Quando dei por mim, já era madrugada, mas Simon não retornara para o quarto. Onde estaria? E o propósito de vir ali para mostrar ao mundo que tinha feito uma boa escolha no casamento? Talvez todos ali estivessem aliviados pelo duque ter escolhido alguém para estar ao seu lado que pudesse ficar fechada em um quarto qualquer sem reclamar. Talvez ser sociável significasse não aparecer, ser discreta e nunca opinar. Ou talvez ele só estivesse mantendo-me ali porque finalmente tinha percebido que eu nunca seria a mulher ideal para o seu propósito. Essa última teoria era a que mais fazia sentindo, ainda mais depois de suas duras palavras antes de sair do quarto no dia anterior.

Se eu pudesse só andar pelos jardins sem ser reconhecida, se pudesse respirar ar fresco, sentir o vento batendo em meu rosto, seria maravilhoso.

Como um relance, a ideia veio em minha mente. Não, eu estava ficando completamente louca presa naquele quarto. Por isso tais devaneios. Mas por que não? Qual era o problema se com certeza eu não seria descoberta?

Fui até o armário do quarto e procurei algo ali. Os anfitriões costumavam não desvairar os armários e sempre tinham roupas e outras vestimentas por ali.

Encontrei um camisa branca com golas abotoadas, uma gravata, colete, um casaco com cauda traseira longa, botas de cano alto... Isso seria perfeito.

Vesti-me rapidamente e, mesmo as roupas ficando grandes e com muitas folgas, consegui contornar com um jeito especial. Coloquei o excesso de tecido da camisa por baixo do colete e o excesso da calça escondi dentro da bota.

Nossa, como eram confortáveis as roupas masculinas. Por Deus, como as mulheres eram privadas disso? Era torturante as roupas que nos eram impostas.

Faltava algo para esconder os cabelos. Fiz um coque alto e o cobri com um chapéu. Olhei-me no espelho e estava perfeito. Se alguém olhasse de perto, iria me reconhecer pelos traços femininos, mas a ideia era não ser vista. Se alguém visse de longe, eu seria só mais um cavalheiro vagando pela noite.

Saí com cuidado para não ser vista, o que foi fácil. Já era tarde da noite e todos estavam dormindo. Quando por fim coloquei meus pés fora da casa e senti o vento frio da noite bater em meu rosto, fechei os olhos e fui invadida por uma sensação de paz e liberdade.

Saí correndo como uma criança feliz. A liberdade era a minha paz.

Os jardins do palácio se perdiam, eram tantos que pensei se encontraria o caminho de volta naquela escuridão. Resolvi não me preocupar com isso. Poderia voltar quando o dia amanhecesse, já que Simon deveria retornar somente à tarde, quando fôssemos partir.

Olhei para o céu e vi que de presente tinha uma lua cheia. Ela era bela demais, com toda certeza porque era livre, vagando pelo céu sem estar presa a nada. A prisão deteriorava as pessoas.

Ousei dar um grito e, sem repostas, sorri.

— Você está bem? — Dei um pulo ao ouvir as palavras.

Quem ousaria estar ali, naquele horário, na penumbra da noite?

Virei e vi um vulto. Tive certeza de que era um homem, mas não conseguia distinguir.

— O que faz aqui? — perguntei, tentando engrossar a voz para não ser reconhecida.

Eu não sabia quem era, mas quem quer que fosse não tinha o direito de estragar a única oportunidade que eu teria de liberdade. Liberdade de uma vida!

— Creio que não seja necessário permissão para se andar no jardim — ele me respondeu.

Dessa vez pude reconhecer sua voz e, mesmo não o vendo ali, sabia que era Simon.

Meu corpo começou a tremer. Um misto de raiva e medo. Eu sabia que, se ele descobrisse que era sua mulher que estava ali, o castigo seria terrível. Estava perdida. Ele não poderia descobrir.

Estava com raiva também, porque ele não apareceu no quarto, durante dois dias, onde ele deveria estar cumprindo seu papel, mas ali estava ele, acabando com minhas ilusões.

— A permissão só é necessária se você estiver vestindo saias — respondi, sem pensar direito no que fazia.

— Nesse caso estou tranquilo. Já sua voz me parece ser de uma dama ou estou enganado?

Ah, céus! Claro que, mesmo engrossando a voz, nunca seria confundida com um homem.

— Não diria que sou uma dama, pois no momento visto calças. Sou só uma viajante qualquer andando sem rumo.

Falei a primeira coisa que veio a minha mente. Estava terrivelmente apavorada.

— Eu aprecio viajantes. As que trajam roupas masculinas então são minhas preferidas — ele proferiu.

Soltei uma gargalhada e ele me acompanhou.

Sabíamos que era uma piada. Mulheres não vagavam sozinhas. Mulheres, na verdade, não vagavam, muito menos vestindo calças.

— Eu poderia ajudá-la de alguma forma, viajante?

Suspirei. Gostaria de dizer que sim, afinal ele era meu marido e somente ele seria capaz de dar a liberdade que eu tanto almejava.

— Não, milorde, estou presa em uma viagem solitária e o meu destino final é uma cadeia.

As palavras foram tão sinceras que me esqueci de mudar a voz e coloquei a mão sobre a boca, abafando até minha respiração.

Ele demorou a responder e pensei ter me reconhecido. Precisava ser mais cuidadosa. Qual era o problema? Estava querendo morrer? Estava realmente enlouquecendo.

— E qual foi o crime tão terrível que cometera? — perguntou por fim.

— Meu crime foi nascer mulher, com uma alma livre.

Dessa vez seu silêncio foi mais prolongado ainda. Percebi que, na verdade, seu silêncio deveria ser fato de uma reflexão.

— Sinto muito por seu fardo — falou —, mas não pense que ser homem faria com que fosse livre. As mulheres são acorrentadas por homens e eles são acorrentados pela sociedade. Na verdade, estamos todos presos em convenções e regras.

Dessa vez dei um sorriso triste que ele não veria, obviamente.

— Mas o homem tem nas mãos as mudanças. São eles que fazem as leis e as regras e estão presos a elas porque soam mesquinhos demais para abrirem mão do poder. O poder aprisiona qualquer alma vivente. O poder cega e fere até aqueles que acham que se alimentam dele. Você pode estar preso a tudo isso, mas pode se liberar quando quiser. Já eu, que chances tenho de liberdade? Preciso andar com disfarces e sob a escuridão, senão estarei arruinada para sempre.

— Vou ter que concordar. Acha que eu poderia fazer algo para mudar seu destino, dama da noite? — ele perguntou de forma sincera.

Eu não precisava ver suas expressões faciais para saber seus sentimentos. Era estranho. Quando o via na luz do dia, não conseguia decifrar nenhum olhar seu, mas ali no escuro conseguia compreender até os seus suspiros.

Desejei poder ficar com Simon ali na escuridão até o sol nascer.

— Você poderia passar o restante da noite conversando comigo, milorde, como se eu realmente fosse um jovem amigo seu, e não uma dama em perigo?

As minhas palavras soaram como súplicas e esperei por receber seu não.

— E o que jovens amigos conversam? — ele me perguntou.

Abri novamente um sorriso, que ele também não veria.

— Não sei, porque nunca fui jovem amigo de nenhum homem, mas tenho certeza que eles não falam de bordados, chás, vestidos ou educação infantil. Creio que as conversas sejam muito mais agradáveis.

— Tenho certeza, mas muitos assuntos que falamos com amigos não são para os ouvidos de uma dama — rebateu.

— Estamos no escuro. Aqui não sou uma dama. Pode me considerar somente um amigo? — implorei.

— Isso a fará feliz? — perguntou.

— Será o único dia de minha vida que estarei livre da prisão que me foi imposta, então será inesquecível.

Sentei-me no chão, sem me importar com mais nada. Eu queria somente conversar com meu marido, na verdade, ali ele era um estranho.

Eu tinha uma noite para conhecê-lo de verdade. Uma noite seria o suficiente, eu tinha certeza.

Capítulo Quinze

SIMON

A escuridão era a luz mais clara que Ana já tinha visto, porque ali naquele jardim ela conhecia Simon de forma única. E ele nunca a tinha despido daquela forma. Ali, no escuro, ele não tirava uma peça de roupa de Ana, mas conheceu até o íntimo da sua alma, mesmo sem saber quem ela era.

Eu andava vagando pela propriedade havia dois dias. A insônia me perseguia, mas eu era incapaz de voltar para o quarto e encontrar Ana Elizabeth. O passado me perseguia e ela, ali, no presente, não aliviava, não ajudava. Eu estava confuso.

Criei um quadro em minha mente que escolhia a mulher ideal para se casar, tratava-a como um objeto ou um cavalo talvez, domesticava-a e ocupava de volta meu lugar na sociedade. Vi em Ana a melhor forma de curar meu orgulho ferido. Mas não era simples assim.

Os anos que passei recluso, tive a certeza de que me tinha tornado um homem frio e sem sentimentos, no entanto, no fundo, o Simon de sempre estava lá. Ele só adormecera e Ana Elizabeth parecia acordá-lo todos os dias.

O coração congelado se aquecia toda vez que a via.

Isso estava errado. O passado vinha e me mostrava quão errado isso tudo estava. Eu não poderia permitir que me quebrassem de novo.

Sentei no chão, ao lado de uma estranha, e nunca tinha me sentido tão à vontade. Ficamos em silêncio por um longo tempo; eu, com meus fantasmas, e ela provavelmente, com seus devaneios.

— O que a aprisiona? — perguntei, quebrando o silêncio.

— A maior prisão de alguém é não ter escolhas. Imagine se você descobrisse que tem que se casar com alguém que não escolheu e seguir todas as duas ordens. Você seria feliz? — ela me questionou.

A forma como falou e até o tom de voz me lembraram de Ana, que estava no quarto presa por meus caprichos.

— Você acha que os homens têm escolhas? Engana-se, porque eles escolhem suas mulheres buscando o que precisam para cumprir seus deveres. Você pode se sentir presa a um homem, mas os homens estão presos a um sistema muito maior chamado sociedade.

— Mas por quê? Vocês não são obrigados a nada e podem mudar o sistema — falou de forma enfática.

— Ajoelhe-se a eles e será bem recebido. Dê-lhes as costas e estará sozinho — declarei. — Todos estamos aprisionados.

Recebi o silêncio novamente. Eu adoraria ter uma vela para iluminar e poder ver o que se passava em seu rosto. Só por um momento.

— Disse-lhe algo que a incomodou, minha amiga? — indaguei.

— Não, só estou refletindo. Por que é tão importante ser bem recebido por pessoas que não ligam para o seu bem? Por que não jogar tudo para as costas e simplesmente ser feliz?

Balancei a cabeça, porque sua inocência chegava a ter graça.

— Eu tenho centenas de pessoas que dependem de mim para sobreviver, pessoas que moram em minhas propriedades, servos, súditos, famílias inteiras que dependem que eu mantenha o meu ducado para que possam sobreviver.

— Então você é um duque? — perguntou.

— Sou um homem carregando o fardo da duquesa.

— É casado? Se me permite a pergunta... — falou receosa.

— Hoje somos amigos nesta conversa e amigos eu creio que podem perguntar qualquer coisa ao outro. Então, sim, sou casado com uma bela dama, perfeita em todos os sentidos.

Tão perfeita que estava sentado em um jardim conversando com uma estranha...

— Você gosta de perfeição? — perguntou novamente.

Dessa vez soltei um sorriso.

— Isso me parece muito mais um interrogatório do que uma conversa de amigos.

— É que amigos sempre sabem o que conversar porque já sabem tudo um do outro. Eu não sei nada sobre você e sabemos que nunca mais vamos conversar, então por que não responder minha pergunta? — questionou-me.

— Não, eu odeio a perfeição. Eu a escolhi perfeita na tentativa de não amá-la, mas estava completamente enganado. A perfeição está exatamente em você olhar nos olhos de alguém e conseguir ler sua alma. E ela é muito boa nisso. A perfeição está em você ser autêntico, em você ser bom, em você olhar para o lado e enxergar aquelas pessoas que ninguém vê.

A perfeição está em você se preocupar com alguém que não lhe dá nada além de migalhas e Ana é perfeita em fazer tudo isso. — Respirei fundo para continuar e admitir o que não tinha admitido para mim mesmo naqueles dias. — Eu pensei que ser perfeita era somente encontrar uma mulher linda, que soubesse se portar socialmente, que cantasse, bordasse e tomasse chá com elegância. Mas estava muito enganado, porque perfeição tem muitas formas e cada um enxerga o que é perfeito a seu modo. Creio que odeio a perfeição, mas, no caso de Ana, sua perfeição me encanta muito mais que o ódio que tento sentir dela.

Ficamos em silêncio novamente. E continuei:

— Posso olhar para o céu e achar a lua cheia perfeita. Você pode olhar a mesma coisa e odiá-la, preferir as noites mais nubladas. Eu busquei o que era perfeito para o mundo, e não me questionei em nenhum momento o que era perfeito aos meus olhos. Estava tão cego... Agora simplesmente não sei o que fazer.

Respirei fundo, aliviado por poder compartilhar com alguém todo aquele pesar.

— Não pode simplesmente amá-la? Parece tão simples...

— Minha vida não tem nada de simples e eu simplesmente não posso amar mais ninguém. É complicado demais para colocar em palavras.

— Hum, então, ou você já amou muitas, ou é incapaz de amar, ou ama outra?

— Será que você tem tempo para ouvir uma história, viajante? — perguntei.

— Posso ficar aqui até o sol nascer, então temos tempo. Vou adorar incluir sua história no meu livro de viajante.

— É sobre a pessoa que mais amei nesse mundo. Quando tudo estava desmoronando, quando não tinha nenhuma luz, quando estava mergulhado em escuridão, ela era minha luz. Ela me abraçava e parecia que toda a luz do universo refletia em mim. Quando meu coração estava frio pela vida, ela pegava na minha mão e me levava de volta para onde eu pudesse me aquecer...

Ah, como as lembranças ainda doíam, como estavam tão presentes, como se fossem hoje. Por nem um dia elas desapareciam, por mais que tentasse me enganar.

— Posso sentir inveja de ser amada dessa forma? — perguntou.

Soltei um sorriso que de feliz não tinha nada. Ele era sem graça e doloroso. Era bom que ela não pudesse ver, porque, mesmo sem enxergar, eu poderia vislumbrar a tristeza refletida em meu rosto.

— Seu nome era Margareth, ela era perfeita em todos os sentidos, era linda, amável, elegante, era amor puro. — Parei, respirando fundo, sentindo o nó se formar no estômago pelas lembranças e pelas lágrimas nunca vertidas. — Eu tinha doze anos quando a perdi.

— Mas estou confusa — declarou.

— Ela era minha mãe. — Senti um calafrio percorrer meu corpo. — Ela me defendia de tudo. Quando meu pai me agredia, quando o mundo me punia, ela era o calor que me aquecia. Mas ela não aguentou o fardo e partiu sem dizer adeus nem explicar as atitudes que a levaram à loucura.

As palavras golpeavam meu coração. Falar sobre aquilo era como reviver o dia que a perdi. Era uma dor que parecia nunca cicatrizar.

— Ela foi embora? Você sabe para onde? — perguntou.

Eu assenti, mas lembrei que ela não poderia ver. Respirei fundo para compartilhar algo tão doloroso com uma estranha. Era difícil e esquisito os motivos que me levavam a falar com uma desconhecida sobre algo tão pessoal e que eu não compartilhava com ninguém.

— Consigo me lembrar exatamente como foi aquele dia. Eu acordei da forma como estava acostumado, aos gritos do meu pai. Ele sempre achou que eu era um inútil, um covarde, um homem sem pulso e contratou uma tutora que pudesse me "colocar nos eixos", como ele dizia. A educação nunca era o princípio, a violência, sim. Então eu era torturado todos os dias, de formas que uma mulher não poderia nem ouvir. Tudo para me fazer mais forte. Não pense que as feridas eram somente na carne. Ele fazia questão de tentar mudar minha alma e, naquele dia em específico, trouxe para sala de aula, no seu escritório, preso em uma gaiola, um cachorro que vivia pelos quintais do castelo e ao qual eu tinha me afeiçoado muito...

Parei, por um instante, medindo as palavras para que não lhe trouxessem dor. Peguei-me pensando novamente se era certo ou talvez até justo compartilhar a dor.

— Meu pai me obrigou a envenenar a comida que seria dada ao cão e a alimentá-lo, então me amarrou em uma cadeira para que eu pudesse vê-lo agonizar até a morte.

— Mas...

— Você deve estar se perguntando — interrompi-a. — Como ele pôde me obrigar? Eu não tinha forças para lutar, era só uma criança assustada e que teve naquele dia um dedo quebrado por não seguir as regras. A dor foi terrível, eu não tive escolha. No final da lição, ele garantiu que aquilo me tornara forte o suficiente para começar a pensar nas responsabilidades que teria quando ele morresse. Ele não me permitiu chorar, garantindo que quebraria outro dedo se fosse preciso. — Respirei fundo, ela não dizia nada, deveria estar assustada com certeza. — O mais engraçado de tudo é que ele pensou ter me ensinado a ser um homem forte naquela manhã, mas, na verdade, a primeira lição que peguei para mim é de como eu era covarde. Eu lembro até hoje e penso se não deveria tê-lo enfrentado de alguma forma que eu não sei qual, mas o fracasso me persegue desde então.

— Eu não consigo acreditar que um pai tenha capacidade de fazer tais coisas com um filho — ela falou por fim. — Sempre escutei que muitos horrores aconteciam por trás da educação da nobreza, mas, por Deus, isso é demais.

— Minha mãe assistiu a tudo. Saiu correndo quando viu os meus olhos assustados encarando-a e, quando fui procurá-la no final da tarde, buscando consolo, encontrei-a pendurada em uma corda. Ela colocou fim a sua vida e me deixou sozinho.

Dessa vez, depois de muito tempo, deixei uma lágrima solitária escorrer por meu rosto no escuro. Ninguém poderia ver e eu mesmo a enxuguei como fiz a vida toda.

PAULA TOYNETI BENALIA

Capítulo Dezesseis

ANA ELIZABETH

Era simples amar e ser amado, mas não para Simon e Ana. Quando havia corações marcados e feridos de todas as formas, as cicatrizes ocupavam todo o espaço que outrora estava reservado para o amor. Nada era simples ali.

Eu imaginei tudo que ele poderia me contar naquela escuridão. Pensei em como tinha sido traído pela mulher que amou, pensei em todos os rumores que sempre circularam por sua vida, pensei em mil possibilidades, mas nada me preparou para o que acabara de escutar.

Uma ternura tomou conta do meu coração e senti vontade de abraçá-lo. De repente toda a raiva que nutri pelo homem com que me casei se dissipou.

Eu nem tinha palavras para consolá-lo, porque simplesmente não havia palavras que poderiam atenuar sua dor. Então fiquei em silêncio.

— Fui machucado de tantas formas para poder ser perfeito... perfeito para os moldes que um duque precisava e o ducado não permite que você tenha dó, piedade e coração. Talvez seja por isso que eu odeie tanto a perfeição. Mas, enfim — respirou fundo —, preciso ser perfeito e minha esposa muito mais, para me manter vivo na sociedade. Não tem como mudar e preciso aceitar. Quando tentei mudar isso, só me magoei ainda mais.

— Gostaria de dizer que posso fazer algo, gostaria de falar palavras belas que pudessem amenizar sua dor, mas eu não as tenho. Desculpe por isso.

— Estou aqui contando minhas dores, e é você que pede desculpas? Você é uma viajante muito generosa. Gostaria de poder conhecê-la melhor, mas, como pode ver, o ducado não permite. Estou amarrado a alguém além de mim e a liberdade não pode ser minha companheira nesta vida. Mas estou aqui falando tanto sobre mim, e você não me contou nada sobre suas incríveis viagens pelo mundo, sobre sua liberdade maravilhosa... Deixe-me sentir inveja de você por alguns instantes.

Abri um sorriso ali no escuro. Quem dera eu pudesse ser a mulher que ele imaginava que fosse. Estava presa da mesma forma que ele e talvez muito pior, porque vestia saias.

— Eu viajo muito mais em meus pensamentos do que nas minhas solas dos pés. Estou aqui tentando inegavelmente mentir sobre ser uma viajante deste mundo, quando, na verdade, vago por meus sonhos distantes. Sou viajante apenas dos meus próprios sonhos e creio que nunca chegarei a lugar nenhum.

Dessa vez foi ele que recebeu minhas palavras em silêncio.

— Sinto-me como Ofélia muitas vezes, criada para ser dócil, submissa e obediente, mas tendo que disfarçar todos os meus verdadeiros sentimentos. Você gosta de teatro? Gosta de *Hamlet*? — indaguei-o.

— O quê? — ele questionou, parecendo surpreso.

— Não gosta de arte, de peças teatrais dramáticas? — questionei-o novamente, confusa.

— Não, na verdade, gosto muito. Fiquei surpreso, porque certa vez conheci uma dama que me falou muito sobre Ofélia e talvez tenha sido umas das noites mais fascinantes que eu tenha tido na vida.

Comecei a tossir desesperadamente. Não era possível! Não seria possível eu ter beijado Simon naquele dia! Era ele? Por Deus, como isso era possível.

Tentei me controlar e fechei os olhos, respirei fundo e tudo que pude lembrar foi do gosto daquele beijo que até hoje estava em meus lábios. Confusa e assustada, tudo que consegui fazer foi me levantar e sair correndo dali.

Quando entrei no quarto novamente, estava ofegante pela corrida, pelo medo de ser pega e principalmente pela excitação de já ter beijado Simon. Abri um sorriso travesso, talvez um dos primeiros sorrisos sinceros dos últimos tempos. Senti-me uma criança atrevida correndo na noite livre, conversando com meu marido sem que ele soubesse minha identidade e sabendo o segredo que seria somente meu: eu havia o beijado!

Como aquele homem que me era tão livre naquela noite agora se mostrava amargo, rancoroso e apegado a tantas regras sociais? Ou ele realmente vestia uma máscara naquela noite ou a estava vestindo agora. Acreditei fielmente na segunda opção e me apeguei a isso como uma esperança de que ele poderia a qualquer momento arrancar aquelas amarras e eu poderia encontrar finalmente o homem que tanto sonhei para mim e que por um acaso poderia, sim, ser meu marido.

Despi-me rapidamente, devolvendo as roupas a seu devido lugar e dando lugar a uma camisola bege, bordada à mão, que me deixava pura e ingênua, como uma boa dama deveria ser. Mas, quando deitei na cama, meus pensamentos foram os mais impuros que já tinha tido em toda minha vida. Tudo que havia lido sobre a relação entre um homem e uma mulher veio em minha mente, dessa vez com um rosto e um corpo muito bem definido. E os beijos tinham um sabor que já eram conhecidos.

Meu corpo tremeu, senti coisas que não saberia explicar, mas que eram muito boas; sensações de um prazer que eu queria muito mais.

Quando acordei no outro dia com a luz do sol entrando pela janela, não sabia distinguir quais sentimentos tinham sido sonhos e quais eram reais. Estava suada, meu coração palpitava e minha respiração era irregular. E, quando Simon apareceu de supetão no quarto, abrindo a porta com força e encarando-me, senti meu rosto pegar fogo, contudo não consegui desviar o olhar.

Pela primeira vez, olhei de verdade a beleza que carregava. A barba estava por fazer, os cabelos negros estavam bagunçados de uma forma que o deixava ainda mais lindo. Ele era muito mais alto do que eu, seu corpo era imponente, assim como sua postura, seus olhos negros me encaravam e seus lábios carnudos pareciam me chamar.

— Você está bem? — perguntou quando viu que eu não diria nada.

Eu queria dizer mil coisas, mas o silêncio com toda certeza era o melhor caminho no momento.

— Estou perfeitamente bem — respondi com convicção.

— Vou banhar-me e depois podemos partir. Creio que já está na hora.

Assenti dessa vez olhando para baixo, porque meus pensamentos não eram muito puros e me envergonhava encará-lo daquela forma.

Quando fez menção de sair, não aguentei e acabei perguntando:

— Onde esteve essa noite? — indaguei, mordendo meu próprios lábios na sequência, sabendo que a pergunta não era pertinente.

Uma mulher, uma dama nunca questionaria seu marido.

— Não creio que lhe deva satisfações — respondeu de forma rude.

Não me contentei com a resposta.

— Mas me dera liberdade de falar o que gostaria dentro do quarto — questionei-o. — Ou essa liberdade também já foi perdida?

Encarei-o de volta, de forma desafiadora.

Dessa vez ele tentava esconder um pequeno sorriso. Era quase imperceptível, mas estava ali.

— Sim, a liberdade lhe foi concedida. Mas nunca lhe garanti que daria todas as repostas, contudo creio que não tenha nada a esconder. Estive vagando pelos jardins, sofro de insônia e as noites fora de casa são muito perturbadoras para mim.

— Estava sozinho? — questionei-o de novo. Queria saber se falaria sobre a viajante que encontrou.

— Está com ciúmes? — Devolveu a pergunta de forma provocativa.

A reposta deveria ser "não, milorde", eu abaixaria a cabeça e me contentaria com ela, mas, por algum motivo, talvez pela noite cheia de aventuras, encontrava-me cheia de coragem.

— E se estivesse? Seria errado sentir ciúmes do próprio marido? — respondi novamente com uma pergunta.

— Não, não seria, mas creio que o desprezo que sente ao me olhar não seja de uma mulher amável, dedicada ao marido e que sente ciúmes com suas ausências. Tenho plena certeza que meus afastamentos lhe causam muito mais alívio do que qualquer outro sentimento.

Dei um sorriso debochado.

— Agora consegue ler e compreender meus pensamentos? Pensei que era alheio a esse tipo de coisa.

Enrugou a testa, arqueando as sobrancelhas e demonstrando surpresa.

— E a que tipo de coisa eu sou alheio, já que me parece conhecer tão bem? — perguntou em tom de deboche.

— A sentimentos, milorde. Creio que seja alheio a qualquer coisa que demonstre sentimentos.

Eu o desafiava porque agora o conhecia muito mais profundamente e sabia que tudo que ele queria mostrar-me era fachada.

Ele caminhou lentamente em minha direção, sem desviar o olhar por nem um segundo. Fui perdendo o fôlego a cada instante que se aproximava. Tentei decifrar seu olhar, mas só consegui buscar uma respiração que não vinha. Eu estava sem ar.

Fui me afastando vagarosamente para que seu corpo não colidisse com o meu e, na tentativa desesperada de encontrar ar, fiquei encurralada por ele na parede do quarto, sem espaço para me mover ou fugir.

Seu corpo se chocou com o meu de forma lenta e suave e suas pernas se encaixaram perfeitamente entre as saias da minha camisola que era fina o suficiente para sentir todo o seu corpo.

— Você sabe o que é desejo, Ana Elizabeth? — perguntou-me sem pudor. Eu podia sentir sua respiração em meu pescoço, mesmo ele não me tocando ali, seu ar me tocava de forma quente.

Não respondi. Era incapaz de dizer qualquer coisa nesse momento.

— O desejo é um sentimento de vontade, querer, uma expectativa de possuir alguma coisa de tal forma que você não raciocina, você só sente...

Prendi a respiração para não sentir seu cheiro, que inundou minhas narinas. Ele tinha cheiro de pecado.

— Você sente o seu corpo bombeando sangue muito mais rapidamente, seu coração acelera sem controle, as palmas das mãos começam a ficar molhadas de suor e outras partes do seu corpo pulsam por algo que é inexplicável.

— Ah... — Um suspiro audível escapou dos meus lábios sem meu consentimento. E ele apertou ainda mais meu corpo contra a parede, de modo que pude sentir seu desejo contra o meu, duro feito uma pedra.

— Você busca por algo que vai levando-o para a beira do abismo, então você só quer se jogar de lá e sentir tudo que tem pela frente, sem se importar com as consequências, sem pensar no passado ou futuro, você só almeja o presente.

Ele abaixou sua cabeça, encaixando-a atrás do meu pescoço, e seus lábios colaram em meus ouvidos. Meu corpo estava arrepiado e eu buscava por mais, desesperadamente, sem controle algum, então me mexi na parede para que meu corpo tocasse o seu, tentando aliviar algo que eu desconhecia. Estava literalmente à beira de um precipício, sem me preocupar se a morte seria certa.

— Ah... — ele gemeu dessa vez. — Eu poderia facilmente despi-la agora, jogá-la na cama e possuí-la de tantas formas que sua inocência seria esquecida para o resto da vida. Poderia passar minha língua por todo o seu corpo e você nem lembraria mais seu nome... A boca não serve só para beijar lábios, Ana Elizabeth — continuou sussurrando ao meu ouvido enquanto eu me esfregava nele buscando por mais. — Mas não, Ana Elizabeth, não farei isso.

Abruptamente se afastou, encarando-me com um desejo que eu nunca tinha visto em nenhum outro olhar.

— Nossa aula sobre desejo terminou aqui. Creio que não sou alheio a sentimentos.

Então, sem mais nenhuma palavra ou explicação, virou as costas e saiu do quarto, deixando-me sem ar, sem rumo, envergonhada e com o desejo aflorando em todos os pedaços do meu corpo.

Eu o queria como nunca quis qualquer outra coisa na vida.

Inexplicavelmente, eu passei do ódio ao desejo em um piscar de olhos.

Capítulo Dezessete

SIMON

Simon não compreendia. Quando teve Ana a seu dispor, não consumou o casamento. Ele poderia ter feito o que seu corpo tanto pedia, mas percebeu no final que seu coração não estava pronto, não ainda. Nem o fogo do desejo que o consumiu naquele momento foi capaz de descongelar seu gélido coração.

A volta foi um verdadeiro tormento. Estar com Ana dentro da carruagem de repente se tornou algo insuportável. O silêncio pairava, lembrando o tanto que a desejei encostada na parede do quarto, quanto estive perto de possuí-la de todas as formas e o quanto estava prestes a me entregar àquela mulher.

Como o duque cheio de fraquezas que sempre fui desde a infância, eu não sabia fazer sexo. Eu fazia amor em sua forma mais pura, entregando-me de todas as formas. Quando você estava deitado nu com alguém, fazendo o que chamavam de sexo, era a forma mais íntima que o ser humano poderia ter com alguém. E como você poderia ser íntimo de alguém e estar imune a isso? Era possível entregar o corpo, e não a alma? Eu não via como isso era possível, e não estava disposto a entregar meu coração às mãos de mais nenhuma mulher.

Olhei de relance para Ana, sentada de frente para mim, que tinha seu corpo encostado de forma desleixada. De alguma forma, a perfeição tinha saído de si naquele momento. Ela mantinha os olhos fixos na janela que estava entreaberta, olhando para o caminho, mas parecia estar longe dali. Uma das mãos estava apoiada no seu colo e a outra segurava seu rosto de forma pensativa.

Meu corpo estremeceu novamente, sem controle para olhá-la, desviei o olhar. Onde estava a perfeição que eu odiava? Onde estava a mulher sem defeitos que procurei com tanto zelo para ser minha esposa?

Ela me questionava e me desafiava no quarto, entretanto isso nunca seria o comportamento de uma dama perfeita.

Eu precisava me afastar por um tempo e colocar os pensamentos em ordem. Era isso que faria.

Deixaria Ana em casa e partiria de Londres para alguma propriedade distante, então trabalharia de lá por alguns dias. Estava decidido, por mim claro, mas não pelo destino que tinha outros planos.

Quando encostamos a carruagem em frente à minha residência oficial, em Londres, de longe vi seu irmão esperando em pé, em frente ao portão de entrada. Seu semblante era de desespero.

Quando Ana o viu, ainda dentro da carruagem, deu um sobressalto e me olhou com tanto medo que nunca tinha visto em toda a minha vida.

— Não foi para isso que ele veio até aqui, foi? — perguntou-me como se eu tivesse todas as respostas e soluções de que precisava. Tinha urgência e súplica em sua voz.

Balancei a cabeça negando, porque ambos sabíamos a resposta. Gabriel não viria se não fosse para comunicar a morte da mãe.

Saí primeiro da carruagem e estendi a mão para ela, que continuava sentada, imóvel.

— Não, Simon, não consigo, eu não consigo... — falou em desespero.

— Vou com você — ofereci-me a ela, porque sabia a dor de perder uma mãe, mais do que qualquer pessoa. Eu não poderia ser imune aos seus sentimentos nesse momento. Isso seria desumano e eu não tinha forças nem caráter para isso.

Ela aceitou minha mão, agarrando-a de forma desesperadora, apertando meus dedos de forma forte, como se sua vida dependesse disso. E eu a puxei em minha direção, ajudando-o descer, firmar-se e sendo seu apoio durante a caminhada até Gabriel.

— Sinto muito... — Foi tudo que ele conseguiu dizer.

Ana o encarou por um longo tempo em silêncio, então inesperadamente deu um tapa tão forte em seu rosto que eu nem imaginava que uma dama pudesse ter tanta força.

Gabriel não se moveu, não se defendeu, somente desferiu um olhar de pena sobre a irmã.

— Não me olhe com pena, seu miserável. Foi você que antecipou a morte dela e escute bem. — Apontou o dedo para seu rosto com tanta ira que sua mão tremia. — Eu nunca vou perdoá-lo por isso, nunca, entendeu? Você a matou, me vendeu e vem aqui dizer que sente muito? Você é o ser mais egoísta e desprezível que conheci em toda minha vida. Vá para o inferno, Gabriel! Lá é o único lugar que você merece estar.

Soltando minha mão, saiu em disparada para casa, segurando as saias do vestido que a impediam de correr. Quando sumiu de minha vista, encarei-o.

Eu desejava ter uma conversa de homem com ele, mas tinha uma esposa que precisava de mim naquele momento.

— Tem tudo preparado para o serviço fúnebre? — perguntei.

— Não... — Passou as mãos pelo cabelo. Parecia sem rumo, desnorteado. — Não tenho cabeça nem dinheiro para isso no momento.

— Mas o momento não pode esperar, não é? — Peguei algumas notas de dinheiro que estavam em meu bolso e estendi a ele. — Pegue, isso deve bastar. Depois descontarei do que ainda lhe devo pelo casamento. E organize seus pensamentos rapidamente. Não pode esperar muito tempo para se tornar homem, Gabriel. Creio que está na hora de crescer. Faça o melhor possível. Se não por sua mãe que já partiu, faça por Ana, que deu a vida por sua mãe.

Ele assentiu e saiu sem dizer mais nada.

Respirei fundo, sem saber o que fazer. Os planos não eram consolar Ana Elizabeth, mas eu não poderia dar as costas, então saí caminhando lentamente até entrar na casa, buscando organizar meus pensamentos. Eu precisaria andar até outro continente para fazê-lo, pois os poucos passos não foram suficientes.

Fui direto ao seu quarto, sabia que ela estaria ali. Quando a tristeza nos inundava, o quarto sempre era o refúgio. Por algumas razões, eu compreendia muito as formas de sentir tristeza.

Bati à porta que estava encostada, querendo demostrar respeito. Ali, naquele momento, eu não era um duque que não precisava de permissão para ver a mulher. Eu queria ser só Simon.

— Entre... — respondeu com a voz embargada.

Respirei fundo e abri a porta, tentando deixar toda a arrogância e a frieza que a vida me deu de presente fora do quarto.

Ela estava sentada na cama, não tinha postura de uma dama, mas estava mais linda do que nunca, porque, com o reflexo de toda a tristeza que sentia, havia uma mulher com os ombros caídos, a face vermelha, os olhos brilhando por lágrimas acumuladas, o vestido estava com a barra levantada, provavelmente por ela ter sentado rápido demais, e não ter arrumado as saias como mandava a etiqueta. Ela era só uma mulher, linda, entregando-se a todos os seus sentimentos, sem se importar com mais nada.

— Posso fazer algo para você? — perguntei de forma cortês.

Ela balançou a cabeça, negando. Quando fez isso, várias lágrimas acumuladas por seus olhos escorreram pela face. Tinha tanta tristeza no seu olhar que senti sua dor dilacerar meu coração. Relembrei o dia que perdi minha mãe, a dor, a culpa, o medo, a raiva... Todos os sentimentos misturados e sem saber lidar com nenhum.

De alguma forma, eu acreditava que ela sentia os mesmos sentimentos, porque, mesmo sendo adulta, e não uma criança como eu era, perder a pessoa mais importante da sua vida o levava para um lugar de criança novamente, um lugar de desproteção e de um medo sem fim.

Eu queria muito aliviar sua dor, mas sabia que, com uma pergunta cortês, não seria possível. Então tentei me lembrar do que teria feito toda a diferença no dia que perdi minha mãe. Eu sabia a resposta, porque tudo que queria naquele dia era colo e um abraço. Tudo que tive foi cortês naquele dia, foi ducado puro, frieza, solidão e indiferença.

Fui em sua direção e me ajoelhei em sua frente, tentando deixar a soberba e o lugar que os homens da sociedade exilavam perante uma mulher.

Ela me encarou surpresa. Peguei suas duas mãos, que estavam geladas, e a puxei em minha direção. Como uma boneca, ela deixou ser conduzida até o meu colo, no chão, então a coloquei sentada sobre minhas pernas e passei uma mão por seu pescoço, trazendo-o até meus ombros e ali ela deixou a sua tristeza sair.

Foi um soluço doloroso, foram lágrimas que molhavam minha camisa e por fim ela passou as duas mãos por meu pescoço e se apertou ali, buscando refúgio.

Não sei quanto tempo permanecemos nos abraçando. Ela deixava sua tristeza sair e eu relembrava minhas dores, mas não consegui derramar nenhuma lágrima como ela. As minhas ardiam no meu coração como fogo. E, mesmo ele estando congelado, elas queimavam, mas não o suficiente para tirar as camadas de gelo que se formaram durante anos.

Gostaria tanto de chorar até me cansar, porque talvez isso aliviasse tudo que eu sentia, mas eu também era incapaz de fazer isso.

Sentia-me incapaz de tantas coisas... Sofria, mas não o suficiente para demonstrar o sofrimento; era rude, mas não o suficiente para ficar longe de Ana; fui noivo, mas não o suficiente para levar Amália ao altar; era irmão, mas não o suficiente para ter meus sentimentos levados em consideração... Era fraco em tudo. Era o duque do fracasso.

— É tão injusto... — ela falou por fim. — Eu o odeio com toda a minha vida. Era para ele ter morrido, e não minha mãe.

— A vida nunca é justa nem nunca vai ser, mas se permita sentir somente a perda; os outros sentimentos, ódio, raiva não vão lhe trazer alívio nem lucro algum. Você vai ser enterrar com todos eles e chegará o dia que estará sentindo-se morta, mesmo com um coração batendo freneticamente dentro de si. Eu juro, isso nunca trará alívio para você.

Coloquei-me nas palavras que dizia, porque, se tivesse deixado todos os sentimentos de lado e me permitido viver só a dor, não estaria morto por dentro como agora.

Ela se afastou e me encarou, com o rosto molhado, os olhos inchados, as bochechas vermelhas, o cabelo caindo pelo rosto e colando-se ao seu rosto, e eu senti uma ternura infinita por ela. Passei a mão por sua face, enxuguei suas lágrimas e coloquei seus cabelos atrás da orelha. Quando mais uma lágrima se formou em seus olhos, colhi-a com meus lábios, em um beijo cheio de sentimentos que eu não sabia distinguir quais eram.

Seus olhos eram um misto de tristeza profunda com confusão por meus atos, entretanto, por fim, bem lá no fundo, encontrei o alívio que ela sentia por eu estar ali.

— Obrigada — falou, colocando em palavras o que tinha visto em seus olhos. — Obrigada por estar aqui.

Eu queria dizer que estaria ali para sempre, que poderia doar-me para ela, porque realmente queria sentir amor de novo, queria ter uma família, queria tantas coisas, mas sabia que elas não eram possíveis, não para mim.

— Não precisa me agradecer, não por isso, já que eu arruinei sua vida para que salvasse sua mãe, então agora dar meu ombro para você chorar não me parece uma atitude nobre ou altruísta. Na verdade, sinto-me um covarde neste momento.

Ana tinha o dom de me desnudar de alguma forma e fazer-me confessar coisas que nunca diria a outra pessoa.

— Só seria um covarde se me pedisse algo em troca. Esse é o caso, Simon? — perguntou-me.

Balancei a cabeça negando.

— Então não é um covarde. É um homem bom, Simon. Mas, por motivos que não entendo, quer mostrar o contrário. Talvez esteja na hora de se desfazer de todas as máscaras que anda vestindo pela vida.

— Você não sabe nada sobre mim, então não tem como me propor tais coisas nem fazer prejulgamentos.

— Sei que foi abandonado por Amália. Ela não vai voltar, mas eu estou aqui.

As palavras me atingiram como uma pequena faísca que se soltava, teimosa, de uma fogueira e esquentava o meu coração por um instante.

Ela estava em luto e oferecendo-se para mim, para me consolar, para ser minha mulher como deveria ser.

Ela realmente era única.

Encarei seus olhos brilhantes e abracei suas duas mãos sobre meu colo, apertando-as, tentando protegê-la de mim mesmo.

— Você está aqui, sem culpa alguma, mas eu não estou, Ana. Não se pode doar o que não tem. Eu não tenho nada dentro de mim a não ser frieza, gelo puro.

— Mas eu tenho calor suficiente para nós dois — ela me respondeu de forma inesperada.

Abri um sorriso, nem lembrava mais como era sorrir dessa forma. Em meio a tantas adversidades, eu sorri.

— Voltaremos a conversar quando tudo isso terminar — sugeri, porque no momento tudo que desejava era beijá-la.

Ela assentiu, concordando com minhas palavras, e eu esperei que seu luto demorasse a passar, porque não sabia se estava pronto para aquela discussão.

No calor do momento, quis beijá-la, mas agora isso me parecia ser a coisa mais errada a se fazer.

Eu esperaria que o tempo fosse meu amigo. De alguma forma, algo tinha mudado depois dessa conversa. Era como se alguma camada de gelo tivesse se quebrado dentro de mim. Mas lembrando-me de que o gelo quebrado feria ainda mais quando estava afiado.

Capítulo Dezoito

ANA ELIZABETH

Mesmo tendo sentido alguma diferença, Simon não tinha noção de quanto gelo Ana tinha conseguido derreter do seu coração. Na verdade, ainda havia muitas e muitas camadas por ali, mas se abriu uma rachadura e, por ela, a luz entrou, sem que ele se desse conta. Nem ela tinha noção do poder que obtinha nas mãos.

Depois de perder minha mãe, os dias se tornaram nebulosos. Fechei-me no quarto e fiquei por dias sem vontade de ver qualquer pessoa. Estava de luto e meu tempo foi respeitado por todos os empregados da casa, que entravam e saíam em silêncio, sem questionar minha dor.

Simon esteve ao meu lado durante todo o ato fúnebre, segurou minha mão quando eu mais precisei na vida, mas depois respeitou meu tempo e já fazia um mês que não nos víamos.

Quando as coisas começaram a clarear dentro da minha mente, perguntei-me se ele respeitava meu luto ou fugia de mim, depois que deixei claro que gostaria de tê-lo como meu marido de verdade.

Estava na hora de tirar o preto, de seguir em frente, de sair do quarto e saber que nunca mais veria minha mãe.

Era difícil e doloroso, mas eu sabia que estava na hora.

Foi o que fiz, em um dia chuvoso, sem sol, porque o sol me lembrava da vida e eu não tinha muita vida para comemorar dentro de mim.

Minha mãe havia ido embora. Eu sequer tinha um marido que me amava ou que pelo menos me desejava. E o único parente próximo era um irmão que eu não estava disposta a perdoar nesta vida.

Fui direto para o escritório de Simon e bati à porta. Eu queria vê-lo, conversar com alguém.

— Milorde não se encontra. — Escutei alguém falando, então me virei e me deparei com uma criada. — Foi para as propriedades do norte e recebemos uma carta de que volta hoje à noite.

Respirei fundo. Pelo visto, um mês ausente também tinha sido suficiente para ele pensar na vida. Eu esperava encontrá-lo aberto para que pudéssemos pelo menos ter conversas amigáveis. Estava cansada da solidão e do silêncio.

Aproveitei a tarde para caminhar um pouco, respirar ar puro e, quando anoiteceu, coloquei um vestido branco, contrastando com meu luto.

Quando me sentei para jantar sozinha, depois de um mês fazendo todas as refeições no quarto, pensei que Simon não viria, mas repentinamente ele apareceu na porta, encarando-me por longos minutos.

Senti tantas coisas no seu olhar. Havia saudade, desculpas, culpa, medo... Não saberia decifrar com clareza, mas conseguia vislumbrar um homem lindo olhando-me por um longo tempo.

Ele estava com aparência cansada pela viagem, a roupa estava amassada, os cabelos bagunçados, nem de longe lembrava um duque. Parecia um viajante qualquer. Eu amei essa versão.

— Vejo que saiu do luto. — Foram as primeiras palavras que direcionou a mim assim que nossos olhares se desviaram e ele se sentou à mesa.

Fiz menção de me levantar para que pudesse se sentar primeiro, mas ele estendeu a mão, sinalizando que não era necessário.

— Meu luto será eterno, mas vestir-me de preto e enclausurar-me em um quarto não trará minha mãe de volta. Creio que está na hora de viver para mim. Nunca fiz isso.

Ele assentiu, enrugando a testa.

— E como seria essa vida onde você está em primeiro plano? — perguntou-me, surpreendendo-me, porque nem eu sabia muito bem por que tinha tido aquilo.

Uma mulher nunca estaria em primeiro plano. O marido sempre estaria à frente, depois a sociedade e finalmente a dama.

— Eu não tenho muitas ambições, milorde. Já que não terei minha mãe de volta, quero somente acordar pela manhã sem ter que lembrar que vendi minha vida para que ela pudesse viver. Agora ela está morta, e não sobraram muitas coisas para que eu possa me iludir. Tenho poucos cacos para juntar e nada além disso.

As palavras o tocaram rapidamente e ele me encarou, enquanto afastava o prato que estava a sua frente.

— Se pudesse fazer qualquer coisa na vida, Ana, o que faria? Se fosse dona de sua vida?

A pergunta me fez pensar em tantas coisas. Entretanto, nenhuma delas eu poderia dizer ao meu marido sem ser expulsa de casa. Eu não poderia dar-me o luxo de perder o teto que tinha, pois meu irmão já não tinha nada e minha mãe tinha partido. Eu não tinha muitas opções para recorrer.

— Bordar mais vezes, tocar piano todos os dias ao anoitecer, oferecer bailes memoráveis... — falei, mentindo, sem muita convicção.

Ele passou as mãos pelos cabelos e deu uma risada dura.

— Está mentindo.

Não era uma pergunta. Era uma afirmação.

Engoli em seco e me mantive em silêncio.

— Por que mente tanto? Você é uma farsa completa, Ana Elizabeth. Uma farsa que comprei, paguei caro e vejo que é uma imitação barata de uma dama. Você não consegue mais mentir para mim.

As palavras eram para me ofender e me machucar, mas não surtiram o efeito que ele esperava. Dizer que eu não era uma dama nunca seria uma ofensa. Era um elogio, mesmo eu não podendo admitir para ninguém o que tinha dentro de mim.

— Precisamos subir para o quarto para que fale a verdade para mim? — perguntou, encarando-me profundamente.

Balancei a cabeça e encarei meus próprios pés.

— Não será necessário, milorde. Não tenho nada para lhe contar além das coisas cotidianas de uma dama.

Ele assentiu. Não estava convencido, mas aceitou.

— O que mudou desde aquele dia no quarto? — ele me perguntou.

Encarei-o de volta.

— Eu que devo lhe perguntar, Simon. Algo mudou aquele dia? Porque você me disse que não tinha nada para me dar e eu não posso perder o resto de dignidade que me resta. Preciso deste casamento, pois você é tudo que tenho no momento. Mesmo sendo tão pouco, não posso me dar o luxo de abrir mão. Então me diga você, algo mudou?

Ficamos em silêncio nos encarando por um longo tempo.

— Creio que o silêncio seja a reposta. Então não se preocupe, continuarei aqui cumprindo o papel que me foi proposto com exímio. Serei o que você precisar, como a esposa que você buscava, mas sei que será só isso, então não vou me iludir com coisas que você não me entregará. — Respirei fundo e, como ele não dizia nada, continuei falando em excesso, como sempre fazia quando estava nervosa ou feliz. — Achei que Gabriel seria o melhor irmão do mundo e veja como ele se fez nesse papel. Eu me iludi que o seu dinheiro daria vida em abundância para minha mãe, mas creio que a minha ausência e meu casamento só aceleraram sua morte... A vida não tem sido muito justa comigo, então não vou depositar meu coração nas suas mãos, a não ser que você o queria. Então me diga, algo mudou?

Ele soltou um longo suspiro e balançou a cabeça em negativa.

— Infelizmente nada mudou. Continuo o mesmo homem por dentro, congelado. Não tenho nada de bom a oferecer para você, Ana Elizabeth, a não ser proteção e uma vida confortável. Sei que merece muito mais e me pego por muitas vezes arrependido de tê-la colocado nessa posição, mas infelizmente este sou eu, e não podemos mudar o que já está feito.

— Creio que seja isso então. — Apontei os braços para a porta pedindo licença para me retirar.

Ele assentiu.

Quando estava saindo, ele me chamou:

— Ana. — Parei e olhei para ele. — Não precisamos de tantas formalidades quando estamos a sós. Creio que podemos ao menos nos manter amigos, já que não posso oferecer-lhe nada além disso.

Senti vontade de voar em seu pescoço e dar um tapa em sua cara como tinha feito com Gabriel.

— Receio, milorde, que recusarei sua amizade.

Seu olhar se espantou.

— Posso saber por quê? — perguntou.

— Porque amigos mantêm sentimentos fraternais, e não é o que sinto quando estou perto de você. Prefiro continuar o odiando. Será mais fácil.

Dessa vez ele abriu um sorriso, tímido, mas era um sorriso.

— Dizem que o ódio é o sentimento mais perigoso do mundo e que ele costuma ser a premissa do amor.

Cerrei os punhos, querendo voar em seu pescoço novamente, mas não com um tapa, e sim com socos.

— Não se preocupe, Simon, aprendi desde cedo a saber ocupar meu lugar, então você não terá problemas em relação a isso, afinal, comprou uma esposa perfeita e pagou caro por isso. Tenho certeza de que você não precisa comprar amigos!

As palavras eram cruéis e a forma como seu olhar me encarou, escurecendo-se e suas sobrancelhas arquejando-se, demonstravam que o tinha atingido.

— Agora, se me der licença, vou cuidar dos afazeres para manter esta casa em perfeita ordem, já que me mantive reclusa por um mês. Se precisar de mim "como esposa"— enfatizei —, estou à sua disposição, milorde.

Fiz uma reverência e saí, indo diretamente para a cozinha olhar os detalhes da alimentação da semana.

Eu precisava ocupar minha mente e convencer a mim mesma de que todo aquele discurso que fiz não era só de palavras soltas, porque meu coração não acreditava em nenhuma delas. E eu precisava proteger os últimos cacos que sobravam do meu coração a qualquer custo.

Capítulo Dezenove

SIMON

Simon estava perdido entre se entregar ou continuar solitário. O que ele não sabia é que seu coração já se entregara havia muitos dias e que ele nunca mais ficaria solitário.

O que deu em sua cabeça ao oferecer amizade para Ana? Sabia muito bem que isso era a coisa mais idiota que já tinha dito durante toda sua vida. Ele desejava jogá-la em sua cama, rasgar toda a sua roupa, vislumbrar sua pele clara nua sob a claridade das velas e depois beijar seu corpo todo, enquanto ela arfava de prazer. Ele já tinha tido um vislumbre dela gemendo em seus braços e aquilo não saia da sua cabeça.

Balancei a cabeça, afastando os pensamentos, porque nunca poderia dar a Ana mais do que prazer. E ela merecia muito mais. Ela merecia o mundo, mas não um mundo sombrio como o seu. Ela merecia a primavera, entretanto ele era o inverno congelante.

Balancei de novo cabeça sabendo que aquele não era o principal motivo para não me entregar a ela. Eu era um covarde como sempre e estava com medo, porque ela me encantava, fazia-me querer viver na primavera e era perigosa. Eu não poderia correr mais perigo. Já havia facas apinhadas nas minhas costas e mais uma iria me levar à morte, mesmo já estando morto por dentro.

Saí em direção ao escritório e deparei-me com Carlos parado à porta me esperando. Algo urgente surgira ou ele não estaria ali. Abri a porta pesada de madeira e entrei, pedindo que me acompanhasse. Puxei a cadeira e me sentei, pois urgências nunca eram coisas boas.

— Diga, Carlos!

— Mi... lorde — gaguejou ao falar e senti meu peito se apertar. Nada viria de bom daquela conversa. — Tenho algumas notícias muito ruins para o senhor.

— Imaginei, por isso estou sentado, mas me diga logo, pois nada pode me abater mais que o passado.

— Contaram-me que Gabriel está trancado em um quarto de um prostíbulo desde que a mãe partiu, bebendo, jogando e deitando-se com mulheres. Parece que gastando o dinheiro que lhe foi dado pelo senhor pelo casamento.

Senti meu sangue ferver, porque sabia dos sacrifícios de Ana, de como tinha aberto mão de sonhos e de uma vida por aquele dinheiro e, agora que sua mãe partiu, aquele canalha usava-o com orgias.

Assenti para que continuasse. Eu iria atrás de Gabriel mais tarde.

— Também soube que o milorde aceitou o convite para o baile do duque de Gales, que deve ser um dos principais desta temporada, e fiquei sabendo de fontes de confiança do duque que seu ir... quero dizer, que Marcos respondeu ao convite e estará presente, possivelmente com Amália.

Senti minha visão escurecer, meu coração parar e dessa vez até meu sangue parecia congelar.

Cerrei os punhos, fechei os olhos tentando controlar meu ódio e gritei:
— Saia daqui. — Na verdade, creio que tenha berrado.

Eu não queria que me visse descontrolado. Eu era um duque!

Escutei quando a porta se fechou, então abri os olhos, tentando respirar. A sensação era de como se eu estivesse afogando-me em águas profundas. Eu tentava respirar e o ar não vinha. O suor começou a escorrer por minhas mãos e tentei me concentrar em alguma lembrança boa para me recuperar.

Não era a primeira vez que isso acontecia. Em todos os eventos que remetiam às traições que a vida me dera, a sensação voltava. Fechei meus olhos de novo e imaginei os azuis e lindos de Ana Elizabeth encarando-me. Na verdade, desafiando-me, então fui conseguindo respirar novamente. Fui sentindo meu corpo voltando ao seu estado normal e abri os olhos novamente.

Era um misto de ódio e nojo. Ódio por saber que eles voltariam, desafiando-me em um evento social de fundamental importância. Agora que eu tinha decidido voltar e recuperar meu papel, lá estariam eles, para escancarar a traição perante os olhos de todos. Ódio por me afetarem tanto, por tirarem a minha paz e principalmente por ser tão fraco. Senti nojo de mim mesmo por ter uma crise toda vez que falavam o nome *dela* e de Marcos. Nojo por ser tão covarde.

Entretanto, por fim, veio o medo, porque eu tinha aceitado o convite para estar no baile, então não comparecer seria meu maior sinal de fraqueza. Eu não poderia jamais estar ausente.

Faltava uma semana para o baile e era o tempo que eu tinha para vencer meus medos, minhas tolices e fraquezas e estar lá emanando o poder que eu tinha nas mãos.

Olhei em cima da mesa e vi mais uma carta das que sempre chegavam, mas eu nunca abria. Daquelas que o fogo consumia juntamente com meu ódio.

Peguei nas mãos e vagarosamente a abri. Eu precisava saber exatamente o que iria encontrar em uma semana. Estava na hora de encarar o passado.

Assim que vi a primeira linha, soube que vinha em nome de Marcos, mas quem a escrevera foi *ela*. Sua letra era inconfundível e a conhecia muito bem pelas inúmeras cartas de amor que tinha escrito para mim.

> Simon,
>
> Sei que estás lendo porque pensastes que esta carta é de Marcos. Jamais abririas uma carta minha. E, sabendo disso, tive a liberdade de usar o nome de meu atual marido.
>
> Sei também que, se está lendo, é porque não leu as outras, então sempre repito as mesmas palavras na esperança de que as leia e, se ler, mande-me uma resposta. Aí, sim, as cartas cessarão. Do contrário, continuarei enviando-as até os últimos dias de minha miserável existência.
>
> Simon, meu doce amor, preciso que você saiba que sempre foi e sempre será o grande amor da minha vida. Sinto seu gosto na minha boca, sinto seu cheiro exalando por todos os lugares, sinto seu toque queimando na pele como um fogo que me consome. Deito-me com Marcos sonhando que é você que está possuindo-me, pois, sim, você foi o único que me possuiu de verdade.
>
> Neste momento deve estar pensando que, se amo tanto você, porque fugi com ele, mas deve saber a resposta.
>
> Não fui feita para ser um pássaro preso. Você sempre me chamou de passarinho, pois sabia que tinha uma alma livre e que nunca me aprisionaria a nada, então parti, pois ele me oferecia liberdade e um mundo sem amarras que o ducado e o casamento me traziam.

Os primeiros dias foram felizes, viajamos, andei por lugares que você nem acreditaria, fiquei nua sob o sol gelado da Escócia, mas foi aí que percebi que não seria feliz sem você, pois só imaginava os seus lábios sobre os meus seios, e nunca os dele.

Falei para Marcos que não o amava desde o início, mas ele, com sua obsessão em ter tudo que você possuía, sempre disse que isso não era problema, que amaria por nós dois.

Aceitei a oferta, fui tola e aqui estou. Se me visse agora, entenderia. Estou apática e meu sorriso não é mais o mesmo sem você.

Estamos voltando para Londres. Preciso vê-lo, quero que me toque de novo, necessito sentir o fogo que me consome com suas mãos. Só você sabe me tocar, Simon. Conhece os segredos do meu corpo e me faz extasiar de desejo.

Cheguei a usar ópio muitas vezes com Marcos para tentar sentir um pouco do que sentia quando me possuía, mas nem de longe isso aconteceu.

Marcos sabe que não o amo, como lhe disse, mas aceitou voltar, pois me garantiu que você nem olharia para mim agora que se casou. Sim, as notícias chegaram até nós. Sei também que ela não é mulher que você gosta na cama. Sem graça, sem vida e gelada. Mas estou chegando, amor meu, mais quente do que nunca, com fogo saltando pelos olhos. E Marcos está errado, porque só eu sei o quanto me amou e isso não terá morrido com esse casamento cheio de conveniências que você arranjou.

Marcos acha que, quando eu for aí, perceberei que nunca mais vou tê-lo e que vou amá-lo depois disso. Tolo como sempre.

Você vai me tocar e vai me amar de novo, então aceitarei ser sua amante. Esse papel combina comigo, muito mais que o de *duquesa. Serei livre e terei você. E Marcos vai seguir o caminho dele: superar a frustração de não ser você. Ele quer voltar mais para atingi-lo, no entanto sabemos que será o contrário.*

Você sempre será um duque poderoso, soberano, importante, mais lindo que tudo que já vi em toda minha vida, o filho mais velho, o mais respeitado, pois só com um olhar seu as pessoas tremem, estão sob seu comando. Você é o dono de todo o meu ser.

Preciso tremer sob seus braços.

Estou chegando. Esteja pronto para mim.

Sua doce e quente, Amália.

Meu estômago estava embrulhado. Amassei a carta com ódio, mas, quando ia jogá-la na fogueira, decidi me conter e a guardei na gaveta. Eu daria um jeito de Marcos ler aquilo. Ele pagaria lentamente por tudo que me fizera.

Se ainda nutria dentro de mim algum sentimento por Amália, ele se transformou em ódio e nojo. Como eu pude amar uma mulher como ela? Eu estava cego, fiquei cego por muito tempo.

Lembrei-me de Ana, de como era forte, perspicaz e, ao mesmo tempo, tão correta. A perfeição que eu tanto odiava me mostrou mais uma vez o quanto eu estava errado. A perfeição de Ana não era ser um fantoche da sociedade. Sua perfeição era em ser leal, honrar seus sentimentos e os de quem amava. Ela tinha dado sua vida para proteger a mãe. Isso, sim, era ser uma mulher invejável. Já Amália, que tanto admirei por ser imperfeita, teve a coragem de me mandar uma carta, esperando meu amor em troca, enquanto falava do meu irmão. Eu me sentia tão enojado com isso que queria gritar e gritar. Então fiz o que não tinha feito desde que ela partira.

Comecei jogando a cadeira no chão, depois foram os livros, os vasos, a mesa... Perdi a noção do que jogava, até me cansar, até gotas de sangue escorrerem pelos meus dedos. Por fim me sentei sobre a bagunça, no chão, e deixei que as lágrimas rolassem por meu rosto cansado de sempre ficar em segundo lugar, de sempre ficar para depois, de todas as punhaladas que a vida me dera. Deixei que escorressem por meus olhos cansados de tudo.

Depois de colocar tudo para fora, ouvi alguém bater à porta. Não respondi. Não queria ser interrompido. A porta rangeu, abrindo-se em seguida, então Ana Elizabeth apareceu, na sua perfeição, e me olhou como um anjo.

Senti um calor inundando-me. Toda vez que ela me olhava era como um sol, que derretia o gelo do meu coração e o aquecia. E, quando ela saía, a noite me inundava com sua escuridão e o frio chegava.

Eu não queria me entregar àquele calor, porque sabia o perigo que corria quando ela partisse, porque a vida sempre me mostrou que tudo que era bom uma hora ou outra ia embora. Era um calor tão intenso que eu sabia que morreria congelado quando isso acontecesse. Eu não podia me entregar àquele sentimento.

— Saia daqui — pedi. Ou implorei, não sei...

— Não — ela respondeu de forma enfática. — Diga-me o que aconteceu.

Balancei a cabeça negando. Em vez de sair, ela se aproximou, andando sobre os cacos que deixei pelo chão, abaixou-se, sentou ao meu lado e me puxou para o seu colo.

Como um boneco, deixei-me ser conduzido e encostei minha cabeça no seu peito, sentindo seu coração pulsar cada vez mais forte. Seu perfume era tão bom. Tinha cheiro de esperança.

Suas mãos tocaram meu rosto com delicadeza, secando as lágrimas que ainda caíam. Não tinha nada a ser dito ali, pois eu estava em cacos, e não tinha nada para oferecer a Ana.

Ela também não tinha perguntas ou, se tinha, sabia que não obteria respostas. Nem promessas, nem amor, nem nada disso.

Quanto mais ela acarinhava meu rosto, mais eu sentia meu peito queimar, inundado por um calor que me sufocava.

Encostei minha testa na sua, sentindo sua respiração ofegante. Então tomei seus lábios com os meus, com pressa, urgência e desejo. Não era um carinho, não era amor.

Era simplesmente desejo.

Precisava possuí-la. Não poderia esperar nem mais um instante por isso.

— Diga-me que quer isso, Ana — sussurrei no seu ouvido, deixando seus lábios por um instante. — Porque sou incapaz de tocá-la para causar repulsa.

Ela jogou o pescoço para trás, e desci os lábios dos seus ouvidos até ele, passando minha língua por todo seu comprimento, sentindo seu sabor.

— Simon, sim, preciso disso — ela respondeu ofegante.

— Sabe que não posso dar nada além de prazer a você. Você sabe disso, querida? — perguntei, deixando claro que era apenas sexo.

Ela assentiu.

— Desculpe por não oferecer mais. Não se arrependerá do prazer que vou fazê-la sentir, minha perfeita Ana — sussurrei nos seus ouvidos novamente.

Dessa vez foi ela quem me puxou pelo pescoço e agarrou meus lábios. Ela não era uma boneca. Era uma deusa do prazer.

Esparramei com as mãos os objetos que nos rodeavam, dando espaço para deitá-la e a coloquei no chão, com os cabelos desordenados sobre a bagunça.

Minhas mãos foram sobre seus seios e, sem tempo para tirar toda aquela roupa cheia de amarras da sociedade, procurei por algo cortante no chão, encontrando meu canivete.

Cortei seu espartilho e seus seios pularam para fora. Tão lindos, brancos como a neve... Deixei minha boca abocanhar um deles, enquanto minhas mãos subiam por suas pernas ainda cobertas por tecidos.

Ouvi um gemido baixo e trêmulo, quando minhas mãos chegaram até o centro do seu prazer. Ela estava pronta para mim e eu, mesmo não estando preparado para tudo que sentia, deixei-me levar pelos gemidos que ela soltava a cada toque meu.

Ergui seu vestido, incapaz de me segurar, abri minhas calças e a possuí ali, com pressa, com desejo, com uma paixão que me avassalava e queimava meu coração.

Não tinha nada de gelo naquele cômodo.

No meio da bagunça, do caos que era minha vida e de todos os cacos que meu coração estava, eu a possuí, sentindo-me inteiro e aquecido, como havia muito tempo que não me sentia.

Ela arfava de prazer e eu a conduzia por um mundo novo. Explorando seus lábios, seus seios e todo o seu corpo com meus lábios enquanto explodia de prazer dentro dela.

Quando cheguei ao ápice, junto dela, deixei um grito sair dos meus lábios, mas, dessa vez, não era de dor, era de prazer. E ela, sem se conter, tremia sobre meu corpo, com os olhos fechados, chegando a um êxtase que não conhecia.

Afastei-me sem tirar os olhos dela, deitada no chão, nua, cheia de prazer, ofegante...

Era a imagem perfeita da perfeição!

E eu, que odiava a perfeição, estava diante de um retrato de prazer puro, um quadro que jamais sairia da minha mente.

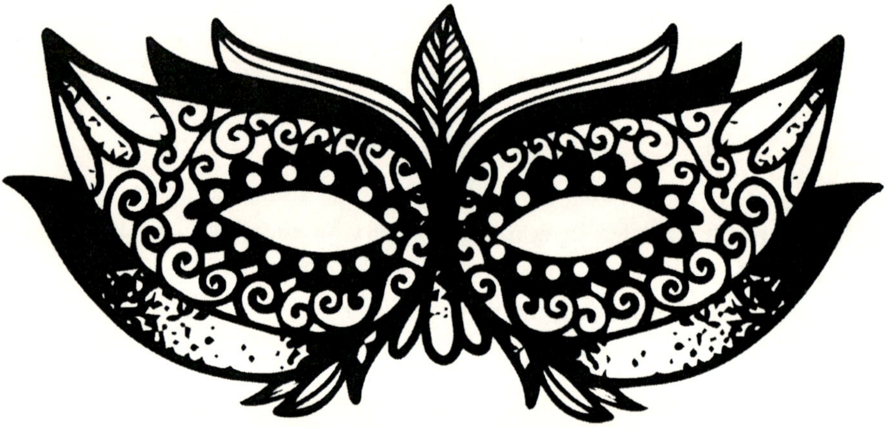

Capítulo Vinte

ANA ELIZABETH

Aquilo que prometemos no calor da paixão, acalmada a paixão, é por nós abandonado.
Cena II, ato III, Hamlet

Quando Simon saiu de dentro de mim, quando o calor que me aquecia se foi, quando seus olhos foram se apagando do desejo, quando consegui recuperar minha respiração, ele se levantou e saiu dali, sem dizer mais nenhuma palavra.

Eu sabia que nada mais deveria ser dito. O casamento estava consumado. Ele fizera o que deveria e tinha deixado claro que não era nada além disso. Mas continuei deitada por um longo tempo, assimilando tudo que sentia e tentando colocar cada coisa em seu lugar.

Estava confusa, pois senti algo que não saberia explicar em palavras. Era como se o fogo tivesse me consumido e agora tivesse sido jogava dentro de um rio congelante.

Sempre soube que não havia promessas. Nem amor. Só desejo. Entretanto, aceitei, porque o desejava também. Mas não estava preparada para o frio que senti quando ele partiu. Não estava preparada para sair e olhar nos seus olhos como se nada tivesse acontecido. Estava marcada de alguma forma, sem saber como continuar.

Sentei-me e olhei toda a bagunça que ele deixara, sem saber o motivo que o levara a fazê-la, mas sentindo-me da mesma forma. Bagunçada por Simon, sem saber como me organizar. Então, precisando de tempo para colocar tudo no lugar, levantei-me, abaixei minhas saias, tentei cobrir meus peitos com o que sobrava do espartilho cortado e comecei levantando a mesa, colocando a cadeira no seu lugar, pegando livro por livro e devolvendo-o para a prateleira.

Eu não precisava fazer isso, mas estava fazendo por medo de sair daquele lugar.

Encontrei uma folha assada e vagarosamente a abri. Era uma carta e eu sabia que não poderia lê-la, mas o fiz mesmo assim.

As palavras que ali estavam eram como facas rasgando meu peito. Amália estava voltando para ser amante de Simon. Entendi seu ataque de fúria, suas lágrimas e me senti a pior de todos os seres humanos da Terra.

Eu o consolei, enxuguei lágrimas que ele derrubara por outra que ainda amava. E deixei que meu corpo fosse seu, que com toda certeza enxergava outra mulher enquanto me possuía.

Senti-me usada, suja e mais uma vez tratada como nada, como tinha sido por Gabriel. Meus sentimentos nunca foram nada para ninguém, além de minha mãe que estava morta!

Eu era um corpo que serviu para pagar as dívidas de meu irmão, ocupar uma posição social para Simon e agora para afogar suas mágoas.

Deixei que as lágrimas escorressem livremente por meu rosto, juntei o que restava da minha dignidade e corri para o meu quarto, deixando-me jogar sobre a cama e chorar por longas horas.

Quando anoiteceu, pedi que preparassem um banho e comecei a me recompor. Eu era muito boa nisso.

Quando saí, vesti-me e escutei alguém batendo à porta. Era um serviçal chamando-me para o jantar.

— Não vou descer essa noite, sinto-me indisposta — anunciei.

— O duque à espera, duquesa — ele disse.

Sim, claro, não era um convite, era uma ordem.

Assenti e fui me olhar no espelho. Meus olhos estavam vermelhos, meu rosto inchado pelo choro. Passei um pouco de pó de arroz para clareá-lo. Não ficou perfeito, no entanto melhorou. Prendi alguns fios de cabelo que estavam fora do lugar e forcei um sorriso tentando convencer a mim mesma que o papel a qual fui designada estava sendo feito com maestria, então desci para o jantar.

Simon estava sentado à mesa e se levantou ao me ver.

Abri um sorriso, esforçando-me ao máximo para que parecesse sincero, pois por dentro eu não tinha alegria alguma.

Ele correspondeu sorrindo de volta, mas, ao contrário do meu, o seu sorriso parecia sincero.

Claro que seria, sua amante estava voltando, ele tinha a esposa perfeita para mostrar a sociedade e o casamento estava consumado verdadeiramente.

— Sente-se, deve estar com fome.

— Claro, milorde. Obrigada pelo convite.

Ele puxou a cadeira e me sentei. Não tinha fome alguma.

— Voltamos às formalidades? — ele me perguntou, arqueando as sobrancelhas.

O primeiro prato do jantar foi servido e só o cheiro embrulhou meu estômago, adicionado às suas palavras cínicas.

— Nunca saímos delas — respondi de forma seca.

Talvez eu não fosse tão boa em fazer o papel que me era proposto quando o assunto era Simon.

— Achei que vê-la nua, tocar seu corpo, beijar seus seios, fazê-la gritar de prazer eram motivos suficientes para sairmos das formalidades.

Senti um fogo subir pelo meu pescoço com suas palavras perversas e, mesmo a contra gosto, meu coração acelerou e senti meu sangue pulsar, com a lembrança de ele possuindo-me. Por Deus! O que estava acontecendo comigo?

— Consumamos o casamento, nada além disso. Esse evento sem importância não deve nem pode afetar nossa relação. Ainda sou a esposa perfeita que comprou.

As palavras dessa vez o atingiram mais e seu rosto se fechou em uma expressão de raiva misturada à tristeza.

Ele assentiu e não disse mais nada durante todo o jantar.

Não consegui tocar a comida e fiquei ali parada, esperando-o terminar e me libertar daquele tormento. Sim, era um tormento vê-lo tão perto, alimentando-se, ele ficava ainda mais lindo fazendo isso e, por mais que eu tentasse pensar em coisas fúteis, minha mente imaginava sua boca pelo meu corpo.

Quando finalmente terminou, levantou-se e me deu permissão para fazer o mesmo.

— Teremos um baile no sábado. Será de grande importância para mim. Então consiga o melhor vestido desta cidade e se prepare como se fosse ver o rei. É assim que preciso de você.

Dessa vez, meus olhos se encheram de lágrimas que não tinham meu consentimento. E respirei fundo para que elas não caíssem. A festa era o marco do retorno de Amália. Eu seria um troféu exibido durante toda a noite, mas, no final dela, era nos braços de sua amante que ele ficaria.

Sempre soube que os homens tinham muitas mulheres além do casamento. Sempre soube que se deleitavam em outros braços e que a esposa era somente um enfeite. O que nunca me contaram era o quanto isso era humilhante e, principalmente, quanta dor isso causava.

Quando descobri que Simon era o mesmo homem gentil que me beijou no baile de máscaras, quando soube naquela noite no jardim de sua história triste, conheci uma versão sua que imaginei ser especial e criei uma fantasia de que ele poderia ser o marido perfeito que um dia sonhei. Mas a única perfeição desse casamento era o papel que eu deveria desempenhar.

Ele era como todos os outros.

Fiquei ali parada pensando em tantas coisas que não me dei conta de que ele me encarava, muito menos que uma lágrima tinha rolado por meu rosto e descia por meu pescoço.

Ele se aproximou. Senti seu perfume e seu olhar adentrando o meu. Minha pele se arrepiou, meu coração deu um pulo e minha boca secou.

— Posso saber o motivo? — Apontou para meu rosto molhado.

— Se for uma ordem, sim. Se não for, prefiro guardar as minhas tristezas comigo — respondi.

Poderia pensar que estava triste pela perda da minha mãe e ficaria por isso. Se ele realmente pedisse, eu poderia mentir. Ele não era dono dos meus pensamentos. No entanto, ele negou.

— Não precisa. A menos que precise de ajuda ou que tenha algo a ver comigo.

Neguei, mentindo.

Ele deu um passo e se aproximou ainda mais, quase encostando seu rosto no meu. Sua mão direita encostou no meu rosto e ele foi descendo com o dedo, acompanhando o caminho da minha lágrima e secando-a. Desceu por meu pescoço e por fim pelo meu decote.

Suspirei, perdi os pensamentos que me atormentavam e só conseguia sentir. Seus dedos gentilmente se infiltram em meu vestido e agarraram meu seio.

Fechei os olhos e esperei por mais e mais.

— Você é como um bom vinho. Nunca se bebe um cálice só. Minha boca precisa de mais — sussurrou.

Queria gritar que não, que ele não poderia fazer isso comigo, no entanto fiquei muda. Meu corpo comandava meu ser nesse momento e ansiava por seu toque.

— Diga que quer mais, Ana Elizabeth... — Meu nome saiu da sua boca com uma voz rouca... Nunca esqueceria a forma como ele o pronunciava. Então pensei se ele falava assim com Amália ou se falava de amor com ela.

O pensamento me trouxe de volta à realidade e o seu toque ficou frio.

— Diga-me que quer mais. Posso desnudá-la aqui mesmo e possuí-la em cima da mesa de jantar — sussurrou. — É só dizer que sim.

Balancei a cabeça negando. Eu não queria, não dessa forma, não sabendo que ele teria outra, mas estava a seu dispor.

— Você é meu dono, milorde, pode me tocar quando quiser — falei, mesmo que minha cabeça negasse seu toque, as palavras traziam a realidade.

Ele soltou meu seio e deu um passo para trás.

— Deixei bem claro desde o início que sou incapaz de tocar alguém que não quer ser tocada. Se não deseja, não a tocarei, Ana.

— Meu desejo não deve estar acima do seu, Simon. Se o seu desejo é me ter, deve fazer sua vontade — falei, dessa vez olhando nos seus olhos.

— Estamos em um jogo agora? Algo que eu não saiba? Desejou-me há pouco e agora sou uma obrigação? — questionou-me, levantando a voz.

— De forma alguma. Foi você mesmo que disse que não poderia me dar nada. Não tem jogo quando não se tem prêmios. O que devo jogar sabendo que vou perder e sem nada para pagar?

Eu tentava me controlar, pois sabia que não eram as palavras a serem ditas. Por Deus, o que acontecia comigo? Sempre fui boa em atuar, sabia o meu papel e o meu lugar, mas perdia o controle a cada palavra ou olhar seu.

— Como desejar então. Está livre para ir ao seu quarto. — Apontou em direção à porta.

Reverenciei-me e saí.

— Ana — ele me chamou novamente. Parei e o encarei. — Só para saber, nunca jogaria com você, pois não importa qual seja o jogo eu perderia.

— Então não vamos jogar, Simon. Detesto ser uma peça de tabuleiro e creio que não tenha mais nada para perder. Com sua licença.

Dei as costas e saí triste, confusa e cheia de desejo!

PAULA TOYNETI BENALIA

Capítulo vinte e um

SIMON

O amor é suspiro e lágrimas, fé e fervidão, fantasia, paixões e desejos; adoração, aceitação e reverência; pureza, aflição e obediência.
William Shakespeare

Se me perguntassem há um ano como seria meu reencontro com meu irmão e Amália, eu saberia todas as palavras de ódio que despejaria contra os dois, as vinganças que tinham sido construídas na minha mente e principalmente como almejava aquele encontro, pois seria muito mais fácil colocar para fora toda a raiva que sentia se eles não tivessem fugido.

Mas um ano se passou e algumas coisas mudaram. Agora eu tinha Ana Elizabeth como minha duquesa, o ódio que sentia pelos dois tinha se transformado em desprezo e eu preferiria nunca mais ter que vê-los. No entanto, a vida nunca era simples como parecia e o dia do baile finalmente chegara.

A semana tinha sido difícil por si só, com um misto de sentimentos que em palavras era difícil ser colocado. Ana me tratava com uma frieza que ela nunca tinha demonstrado. Nem no dia do nosso casamento tinha sido fria daquela forma. Ela parecia ter se colocado no papel de perfeição que eu tanto desejei. Tomava as rédeas da casa com perfeição, tratava-me realmente como um marido respeitado, mas era fria, muito mais fria do que meu coração foi um dia.

Eu deveria ficar feliz, pois foi isso que almejei um dia e fui eu mesmo que disse a ela que não poderia dar nada além de prazer. No entanto, isso me angustiava. Olhava constantemente em seus olhos quando a via, procurando por alguma faísca daquele fogo que a consumiu quando esteve nos meus braços, e nada encontrava.

Pensei várias vezes em conversar e entender a mudança repentina de atitude, porém me lembrava de tê-la deixado nua naquele escritório e sair sem dizer nenhuma palavra. O que eu diria? Prometeria amor ou algo assim, e depois não seria capaz de cumprir? Se a chamasse para conversar, o que diria? Que ela não saía da minha mente nem por um minuto e que precisava tê-la em meus braços de novo, mas depois sairia sem fazer outras promessas?

Não era este o papel de um marido: usar sua esposa quando bem desejasse, sem ter explicações ou promessas? Eu tinha nojo só de pensar nisso.

Então o fracasso tomava conta de mim novamente. Eu busquei por uma esposa perfeita para ter um casamento nos moldes sociais, mas nunca conseguiria ser aquele homem insensível que a sociedade esperava.

Fracasso e mais fracasso...

Respirei fundo, em pé na frente da escada da sala, esperando-a descer para irmos à festa.

Estava angustiado, perdido e com medo. Ninguém nunca imaginaria que um duque importante como eu pudesse sentir medo. E nunca tinha sentido tanto medo em minha vida. Tinha que encarar Marcos, Amália, Ana... Tudo isso sem saber o que esperar de cada um deles, muito menos o que eu poderia ser capaz de sentir e fazer.

Minhas mãos estavam geladas e suadas ao mesmo tempo.

Minha mente foi ao dia do casamento com Amália. Estava esperando por ela da mesma forma. Ela tinha dormindo em meus braços na noite anterior, tínhamos nos amado tanto e dado risadas que ainda ecoavam em minha mente. Naquela noite, Marcos jantou conosco e brindamos ao casamento.

A dor da traição ainda queimava no meu peito, agora muito mais por Marcos do que por Amália. E eu sabia o motivo, quando Ana desceu perfeita, reluzente como um anjo.

Ela vestia um belo vestido verde-água escuro, todo bordado de flores brancas, o corpete justo perfeitamente no seu peito, deixando bem à mostra seu pescoço branco como a neve. Seus cabelos tinham tranças nas laterais que se prendiam em um coque e alguns fios de cabelos estavam soltos na frente. Seus olhos azuis me encaravam e, finalmente, depois de muitos dias, encontrei vida ali dentro.

Não consegui conter um sorriso. Ela estava linda, perfeita...

— Você está linda — falei.

— Obrigada, meu lorde.

Enruguei a testa diante da formalidade.

— Será que poderia me chamar somente de Simon esta noite? — pedi. Ela assentiu.

— Como preferir, Simon — respondeu de uma forma que deixava claro que não era um desejo seu, e sim mais uma ordem minha.

Quando terminou de descer as escadas, cruzei seu braço com o meu e saímos caminhando lentamente até a carruagem que nos aguardava.

Um lacaio a ajudou subir. Não me atrevi a pegar sua mão, pois ela saberia do meu nervosismo se encostasse nelas.

A viagem era curta até a cidade e o silêncio foi ensurdecedor.

Era sempre assim nos últimos dias. Se eu perguntasse, ela respondia. Se não, éramos mudos, como dois estranhos. E como poderíamos ser estranhos depois de termos deitado nus um sobre o outro e sentido um calor que aquecia a alma?

— Posso lhe pedir um favor esta noite, Ana? — falei quando a carruagem parou. — Mas não como uma ordem, uma gentileza, na verdade, pois, se soar como uma ordem, não será algo natural.

Ela assentiu com a cabeça. Nos últimos dias, até suas falas estavam cessando e os gestos ocupando o lugar.

Passei as mãos pelos cabelos, respirei fundo, tentando colocar de uma forma que não parecesse tão patética.

— Poderia, além de ser a esposa perfeita que já é, fingir que me ama somente esta noite?

Ela endireitou os ombros e alguma coisa mudou em seu olhar.

Saí do banco da carruagem que estava de frente para ela e me sentei ao seu lado.

— Sei que, por mais que se esforce, tem me odiado cada dia mais. Sei também que não tenho sido um bom marido desde o início e sei de todas as injustiças que você sofre por um mundo que infelizmente não fui eu quem criei. No entanto, esta noite tem fundamental importância para mim e preciso muito de sua ajuda.

Esperei seu sorriso complacente, seu sim meigo, pensei em até um "sim, milorde", só que estávamos falando de Ana, a mulher mais surpreende que eu já tinha conhecido. Então sua reposta foi um tapa na minha face, um que estralou no silêncio da noite e queimou, devido à força colocada.

Fiquei sem palavras por alguns minutos, incapaz de assimilar aquilo e ela se retesou, afastando-se ao máximo que a carruagem permitia, encostando na lateral, acuada como um gato assustado.

— Des... desculpe por isso, eu não sei...

Ela começou a gaguejar.

— Creio que já tenho a minha resposta. Que assim seja — falei.

Levei minha mão em direção à porta, para que pudéssemos descer, mas fui interrompido por suas mãos.

— Olha, sei que não deveria, perdoe-me, por favor. É que... — Deu uma risada dura. — Posso ser a esposa perfeita, aceitar o papel que me foi imposto, estar aqui com você sendo apresentada como um troféu que ganhou em uma partida onde o dinheiro falou mais alto, mas ser troféu para você apresentar a uma amante, uma mulher que o traiu da pior forma possível, eu não sei se sou capaz. É humilhante demais.

As palavras me pegaram de surpresa. Como ela sabia que Amália estaria ali? E como ela poderia imaginar que ela seria minha amante?

— Está errada em tudo que diz, Ana Elizabeth — falei de forma seca.

Ela não tinha o direito de imaginar coisas que não eram reais sobre mim. Então entendi seu silêncio e sua frieza nos últimos dias.

— Simon, estou aqui, como você mesmo disse, sou perfeita para o papel que me foi designado, ofereci amor, mas você recusou. Agora pretende se entregar novamente para quem o traiu de forma tão terrível?

— Você está errada. Eu não pretendo dar nada além do meu desprezo para Amália e eu ODEIO a perfeição. Não sei de onde tirou essas conclusões nem sei por que estou me explicando, já que você vem cheia de pedras me atacando, e não aceitou minha amizade.

— Eu não quero ser sua amiga! — ela falou, levantando o tom de voz. — Eu quero muito mais de você!

— Você não pode ter tudo. Eu não posso lhe dar tudo.

— E se não for suficiente? — perguntou, encarando-me, dessa vez os olhos brilhando pelas lágrimas acumuladas.

Ela era tão perfeita, e eu lembrei novamente que deveria odiar a perfeição.

Aproximei-me para encurralá-la ainda mais e peguei seus lábios, passando os dedos em círculos, querendo agarrá-los com os meus lábios. Eu a desejava tanto que meus dias tinham sido paralisados pela lembrança dela nos meus braços.

— Eu a desejo muito, Ana Elizabeth — sussurrei, aproximando meus lábios do seu ouvido. — Sinto dores de tanto que a desejo. Não acha que isso é suficiente?

Ela jogou a cabeça para trás, suspirando. Ela me desejava também.

Peguei uma de suas mãos e levei até o meu sexo, por cima da calça.

— Isso é o que provoca em mim. O desejo me consome, me adoece e me atormenta. Não acha suficiente? — perguntei novamente.

Não esperei sua resposta, agarrei seus lábios em um beijo lento e longo, deixando minha língua explorar sua boca, mordendo seus lábios. Estava incontrolável. Eu a desejava tanto...

Coloquei minha mão por dentro do decote do seu vestido e acariciei o bico do seu seio, que ficou rígido diante do meu toque.

Afastei-me da sua boca, encostei minha testa na sua e disse:

— Vou lhe provar que isso é suficiente.

Continuei acariciando seu seio, enquanto minha outra mão foi levantando seu vestido e indo ao encontro do seu sexo.

Ela estava pronta para mim. Dessa vez rugi, querendo possuí-la ali mesmo, mas me contive e continuei acariciando em círculos. Seus gemidos foram ficando cada vez mais fortes. Ela perdia o controle, jogando seu pescoço para trás.

— Não pare, por favor, não pare, Simon — implorou.

Então parei, afastando-me.

— Quer tudo ou isso será suficiente? — perguntei.

— Por favor, continue, é suficiente — implorou, vindo em minha direção e puxando minhas mãos novamente para si.

— Na verdade, vou prová-la de todas as formas, os movimentos que fiz com os dedos farei com meus lábios — sussurrei no seu ouvido e me afastei, encarando-a. — Depois da festa — completei.

Abri a porta para sair da carruagem.

— Recomponha-se, que estarei esperando aqui fora.

Então a deixei, fechando a porta e tentando me recompor também.

Eu poderia tomá-la ali facilmente, na frente da porta da mansão onde seria o baile naquela noite.

Respirei fundo, lembrando-me das minhas palavras. Só isso seria suficiente ou eu também gostaria de mais? A pergunta me assustava. Por mais que tentasse não lhe entregar meu coração, algo me dizia que ele corria perigo.

Era só desejo? Paixão? O que era aquilo?

A noite estava gelada, no entanto meu corpo queimava com o seu calor.

Dei-me conta de que não sentia o frio que me atormentava por tanto tempo. Meu coração pulsava, o sangue que corria nas veias me queimava. Não tinha nada congelado dentro de mim. Entretanto, não sabia se estava feliz ou triste por isso. Estava sentindo tanto medo, como nunca tinha sentido na vida.

Eu não poderia me entregar de novo. Não aguentaria outra traição. Não estava preparado.

O desejo tinha que ser suficiente. Garanti a mim mesmo que me cansaria depois de levá-la para cama mais algumas vezes.

Tudo ficaria bem e como o planejado!

Escutei a porta da carruagem abrindo-se e ela saiu, esplêndida, com as bochechas ainda vermelhas de prazer. Seus olhos brilhavam, seu cabelo não estava tão perfeito, tinha fios soltos dessa vez e o decote do vestido estava um pouco torto. Ela não estava exemplar, mas nunca a tinha visto tão linda.

Senti minha pele se arrepiar e garanti novamente que era só pelo vento da noite.

Ela abriu um sorriso, mas eu sabia que era falso e que fazia parte do meu pedido de demonstrar que me amava.

Percebi que, mesmo a conhecendo há tão pouco tempo, tudo nela já me era familiar. Eu sabia diferençar seus sorrisos, seus olhares, seus suspiros...

Garanti novamente a mim que amigos sabiam tudo um do outro e que eu poderia ser um bom amigo.

Amigo e amante, talvez?

Estava tão confuso, então escutei alguém se aproximando e olhei de relance: eram Marcos e Amália.

O frio tomou conta de mim e me lembrou da dor, colocando meus pensamentos exatamente onde deveriam estar.

Ana Elizabeth era um perigo que eu não estava disposto a correr. Precisava me afastar dela. Era isso que eu faria.

Capítulo Vinte e Dois

ANA ELIZABETH

Ninguém é perfeito, até que você se apaixone por essa pessoa.
William Shakespeare

Havia um turbilhão de pensamentos quando desci da carruagem, contudo todos eles foram abafados quando a vi.

Ninguém precisaria me contar que era Amália. Eu a reconheci pelo olhar que desferiu em direção a Simon.

Tinha paixão, amor, desejo... Havia muitas coisas naquele olhar. Seus olhos se fixaram nos dele e nesse instante parecia que mais ninguém estava ali.

Senti uma dor profunda no meu ser e soube que era ciúme. Um ciúme que consumiu em questão de segundo e me fez odiá-la por estar ali, tão linda, porque, sim, ela era uma mulher linda. Vestia um vestido vinho que contrastava com seus cabelos negros. Ela usava muitas joias e abriu um sorriso nada tímido em direção a Simon.

Marcos foi ofuscado, nem prestei atenção nele. Meus olhos estavam fixos nela.

Meus pensamentos foram interrompidos por Simon, que pegou em meus braços, forçando-me a andar em direção à porta da mansão.

Havia pessoas chegando, carruagens, velas acesas por toda parte... Fomos caminhando no meio do barulho, da música, da anunciação da nossa chegada, mas era como se eu estivesse em um completo silêncio, sendo carregada por ele.

Eu podia sentir meu coração quebrando em vários pedaços, imaginando Simon beijando-a, tocando seu corpo nu e sussurrando palavras como tinha feito comigo dentro da carruagem.

Senti meu sangue, que há poucos instantes fervia, congelando. E a resposta para a pergunta que ele fez na carruagem escancarada na minha mente: não, amizade e desejo não eram suficientes.

Estava cansada de não poder ter tudo. E talvez essa nem fosse a resposta para tudo aquilo.

Eu simplesmente me apaixonara por Simon. Eu o amava desde o dia que o beijei naquele baile de máscaras sem saber quem ele era. E o amei mais ainda quando se desnudou naquela noite no jardim, mostrando tudo que sentia sem ressalvas. Entretanto, quando me tocou, eu soube que não teria mais volta: eu o amava!

E agora Amália estava ali para ser sua. Eu não poderia fazer nada.

Queria gritar que isso estava errado, que era injusto, no entanto me deixei ser conduzida por ele, exibindo um sorriso que era de dor.

— Você está bem? — perguntou, parando em um canto do salão.

Assenti, porque, se falasse alguma coisa, tinha medo das minhas palavras.

— Pode parar de sorrir agora — ele afirmou. — E se acalmar. Estou aqui, e não vou sair do seu lado — garantiu.

Assenti novamente, engolindo a saliva, contendo as palavras.

Sim, ele estava ao meu lado, mas inteiramente para ela.

— Reconheceu-a, não é? — perguntou.

Assenti.

As palavras me faltavam ou talvez tivesse medo delas. Sempre soube que Simon se casara para ter uma esposa perfeita perante a sociedade e nada mais. Mesmo que ele a fizesse sentir tantas coisas, no final, diante dela, não tinha importância.

— Vamos dançar, podemos conversar. — Estendeu a mão.

Aceitei o convite, afinal estava sob suas ordens e, mesmo sabendo que não seria correto dançar com o marido, sabia que Simon estava fazendo isso para chamar atenção de Amália.

A valsa que tocava era lenta e elegante. Os passos eram devagar e meu coração parecia bater na mesma sintonia, quase parando, angustiado, sofrido...

— Sei que está sendo uma noite difícil, mas, se a conforta, para mim também. E não pense que isso se deva ao fato de que sinto algo por ela. Tudo que sinto é ódio, nada além disso. Estar aqui e ver Marcos também é muito difícil para mim.

Dessa vez o encarei e as palavras vieram:

— Li a carta, Simon. Sei que ela voltou para ser sua amante. Mesmo que você fique furioso por eu tê-la lido, não me arrependo, porque sei exatamente o meu lugar. Sempre soube e você já deixou claro isso também. Não se incomode em me dar explicações. Como eu disse, não somos amigos! E marido não deve explicações para sua esposa.

Pensei que ele se irritaria, mas um sorriso saiu dos lábios. Como fica lindo quando sorria!

Seus braços me puxaram para mais perto de si e ele se abaixou para falar perto do meu ouvido.

O simples fato sentir sua respiração ali quase me fez desmaiar.

— Fico lisonjeado com seu ciúme, Ana Elizabeth, e entendo sua mudança de humor nos últimos dias, mas não me perguntou nenhuma vez a resposta àquela carta. Ouviu uma versão e assimilou da forma que quis. Eu não pretendo nunca mais chegar perto daquela mulher e a única que desejo ver nua no momento está aqui, nos meus braços.

Afastei o suficiente para olhar nos seus olhos e encontrar verdade ali e o que vi foi sincero.

— Então aceita o meu amor? — perguntei novamente.

Ele negou.

— Não posso aceitar, pois sou incapaz de retribuir. Posso lhe oferecer algo além. — Abaixou novamente perto do meu ouvido. — Posso lhe oferecer prazer diariamente.

Dessa vez joguei a cabeça para trás e gargalhei.

— Você é mesmo um conquistador. Não me estranha Amália voltar para tentar reconquistá-lo. E você deu tudo a ela, prazer e amor.

Ele levantou uma sobrancelha.

— E, como pode ver, não tivemos futuro. Você sabe o que é amor, Ana? Amor é sentimento forte que faz com que você destrua a vida da outra pessoa, porque ele é um sentimento tão egoísta que você quer ser dono do outro, possuir a qualquer custo, mas, no final, sobram corações vazios e destruídos por dentro. Isso é amor.

Suas palavras duras só me mostraram o quanto ainda estava ferido.

— Isso está longe de ser amor — respondi.

— Agora desejo, esse, sim — falou, ignorando minha fala sobre amor. — Desejo é algo que queremos muito, que lutamos para chegar ao ápice e, quando o atingimos, queremos sempre mais! Agora me diga, qual você acha mais seguro? Ter seu coração destruído ou ser satisfeita?

— E se eu te provar que amor é melhor que só desejo?

— Não será possível. Eu não pretendo ser enganado novamente.

— Eu nunca o enganaria, Simon. — Poderia não parecer, mas era uma promessa.

Deu um sorriso triste e percebi que ele nunca mais confiaria em ninguém.

Lembrei-me de tudo que ele havia dito naquele jardim e senti vontade de acariciar seu rosto. Enquanto dançávamos lentamente, toquei sua bochecha com a palma da mão e ele respondeu ao meu toque fechando os olhos.

Quando os abriu novamente, encarou-me com tristeza.

— Você é uma boa pessoa, Ana Elizabeth, e, por mais machucada que tenha sido, sempre consegue dar o melhor de si. Se a conhecesse hoje, não a teria aprisionado neste casamento. Você merece alguém que possa amá-la. E, mesmo se iludindo, eu nunca serei essa pessoa. Só vou magoá-la se prometer amor.

Assenti e tirei minha mão do seu rosto com tristeza.

Era uma guerra que eu não poderia ganhar, pois as cartas já tinham sido colocadas na mesa e Simon tinha escolhido as que ele queria.

A música parou e só então me dei conta de que quase todos à nossa volta nos olhavam com admiração, pois, sim, parecíamos um casal apaixonado.

Simon pegou em meu braço e saímos do centro do salão.

— Vou pegar alguma bebida — anunciou, deixando-me no canto e saindo.

Fiquei admirando o lugar, como estava lindo e bem decorado com rosas espalhadas por todos os lados e castiçais de velas que se perdiam de vista.

— Sabe, quando voltei para cá, senti medo. — Escutei alguém falando atrás de mim.

Virei e lá estava ela, Amália.

— Fiquei com medo de Simon não me querer mais, pois estava casado. — Jogou a cabeça para trás, gargalhando alto, como uma dama nunca faria em público. Era vulgar demais. — Agora vejo que temi à toa. Você parece uma boneca de porcelana e Simon odeia coisas frias.

O ódio tomou conta de mim. Ficou claro que ela era cruel.

— Creio que não fomos apresentadas — falei. — Sou a duquesa de Western — disse com orgulho. — Tenho certeza que deve ter ouvido falar de mim.

Abri um sorriso cheio de ironia. Se havia algo que eu tinha aprendido, era como fingir e esconder minhas emoções. Por algum motivo, minhas habilidades falhavam perante Simon, mas ela nunca perceberia a forma como me afetava.

— Sim, e o papel de duquesa lhe cai bem. Deixe-me apresentar. Sou Amália, amante do duque de Western.

As palavras me atingiram como um soco no estômago e eu só consegui prestar atenção nos seus lábios vermelhos falando do duque com tanta intimidade.

— Deve ter ouvido falar de mim também.

— Infelizmente. Receio desapontá-la, mas Simon nunca tocou no seu nome e o que ouvi a seu respeito foi de outras pessoas que contaram sobre suas péssimas escolhas.

— Ah, que tolinha! — Bateu palmas. — Não sabe que retornei para ele? Creio que nesses casamentos convenientes não conversem muito e pouco se sabe sobre o outro.

Ergui o queixo e lancei um olhar de soberba. Eu queria gritar que ela sumisse da minha frente, mas continuei representando com perfeição.

— Deve estar mencionando a carta que enviou a Simon... Agora que me lembro de ele ter me mostrado. — Seus olhos escurecem de fúria. — E ter comentado o quanto você parecia patética implorando para voltar.

— Isso não é verdade — afirmou desconsertada. O sorriso, dessa vez, tinha sumido do seu rosto. — Ele deseja-me todas as vezes que se deita com você, sob o escuro, enquanto veste camisolas de pureza. Simon detesta mulheres assim.

Odiei como o nome dele saia da sua boca.

— Creio que nossa intimidade não é da sua conta — afirmei —, mas, se tanto deseja saber, meu rosto ainda queima por causa de tudo que fizemos na carruagem, antes de descermos aqui.

— Está mentindo! — afirmou com a expressão séria. Sem sorrisos dessa vez.

— Você fez sua escolha, Amália. Deixe Simon em paz, senão a convidarei para um duelo, pode ter certeza, que sou capaz disso. Não me conhece, não sabe nada sobre mim, mas lembre-se de que, se chegar perto dele, corre risco de vida.

Eu sentia tanto ódio que, mesmo sabendo que duelos eram para homens, eu seria capaz de atirar naquela mulher, e não era só por estar ali me provocando, mas por tudo que tinha feito Simon sofrer no passado.

Ele era um duque poderoso e quem estava ao seu redor nunca imaginaria quão frágil era seu coração. Eu só queria protegê-lo, mesmo sabendo que quem precisava de proteção era eu.

As mulheres sempre precisavam do marido para protegê-las num mundo dominado por homens, no entanto Simon precisava de alguém que protegesse seus sentimentos que outrora foram destruídos.

Mesmo ele falando que não me amaria, que não tinha nada para me oferecer, eu provaria que estava errado. Estava decidida a lutar por ele. Cansara-me de aceitar o papel em que todos me colocavam e me desviavam.

Eu faria Simon me amar. E, mesmo ela estando ali se oferecendo para ele de volta, eu nunca o tinha traído e era sua mulher. Nesse jogo, as vantagens eram minhas.

Quando Simon se aproximou, passando o braço por minha cintura e me puxando para si, senti como se eu fosse dona do mundo.

Amália o encarou e eu soube que ela lutaria por ele com todas as armas que tinha.

Encarei-a de volta, sem me esmorecer.

Que começasse o jogo!

Capítulo Vinte e Três

SIMON

Nunca brinque com os sentimentos dos outros, porque você pode ganhar o jogo, mas o risco é que com certeza você vai perder aquela pessoa para sempre.
William Shakespeare

Estar ali era como mexer em uma ferida que nunca tinha cicatrizado. E o medo que me tomou no início se dissipou quando vi Amália.

Pensei que, quando a visse novamente, meu coração pulsaria de maneira descontrolada, que sentiria calafrios pelo corpo, que perderia a respiração... Meu medo era de ainda amá-la. Medo de ser traído por mim mesmo e ainda sentir algo de bom por uma mulher que tanto me fez mal.

Então a vi, perto da carruagem, olhando-me como se ainda fôssemos cúmplices de alguma coisa. E tudo que senti foi alívio por não amá-la, por estar livre do que um dia não foi só amor, foi tormento.

Senti alívio por ser Ana a minha duquesa, e não ela. Eram tão diferentes e de repente a perfeição de Ana fez tanto sentido, porque ela não era só perfeita na beleza. Era linda, sim, e muito, mas era bondosa, generosa, amável, um verdadeiro anjo.

Alívio por ser Ana que estava nos meus braços, pouco tempo antes, tão ávida por mim...

Desviei o olhar e respirei aliviado.

Dancei com minha esposa e nunca me senti tão em paz. O tormento de repente se tinha dissipado e, mesmo tendo Amália ali, tão próxima, ela não me podia atingir mais.

Quando nos separamos e fui buscar uma bebida, era para comemorar, beber de alegria, e não para afogar a dor como nos últimos tempos. Então encontrei Marcos e nos encaramos.

A dor veio dilacerante no meu peito. Dor de um passado que nunca seria superado e de saber que ele levou embora todo o resto do amor que eu sentia no peito. E essa dor... essa dor nunca seria superada.

Lembrei-me de quando minha mãe se foi e ficamos tendo um ao outro. Lembrei como brincávamos juntos para esquecer a dor que nos dilacerava, como éramos cúmplices nas dores, nas alegrias, nas brincadeiras...

Então crescemos, meu pai se foi e o peso do ducado chegou. Eu teria dado de bom grado para Marcos se assim pudesse, mas o fardo era meu e foi nesse momento que algo mudou.

Fomos nos afastando como se eu tivesse tido escolha e percebi que nas pequenas coisas Marcos sempre queria o que era meu.

Parecia algo inocente, de um irmão enciumado e achei que com o tempo aquilo se dissiparia. Fazia o possível para que nos mantivéssemos unidos. Mesmo ele se afastando cada dia mais, eu o procurava e o trazia para casa de volta. Ele era minha única família e eu não poderia perder tudo que me restava.

Na noite da véspera do casamento, sentamos na mesma mesa, compartilhamos a mesma bebida e, quando Amália se foi para sua casa, jogamos uma partida de pôquer. Deixei-o ganhar como sempre fazia, pois sabia que se magoaria se eu ganhasse. Despedimo-nos, ele me abraçou, desejou-me felicidade e vida longa.

O dia amanheceu e tudo que restou daquela lembrança foi a traição. Não teve carta, não teve explicação...

Agora ele estava encarando-me e eu não sabia decifrar o que ele estava sentindo ou o que fazia ali, pois nem eu mesmo sabia como reagir diante dele.

Amália me trair tinha, sim, sido muito cruel, mas ela me conheceu por dois anos, não tinha meu sangue, não tinha nada meu!

Já Marcos era meu irmão, meu sangue e tínhamos uma história de vida juntos que compartilhamos.

Ele poderia ter qualquer outra mulher, mas escolheu a que estava ao meu lado.

Ficamos nos encarando por um longo silêncio, e por fim desviei o olhar, dando-lhe as costas.

Não tinha nada a ser dito. Eu teria o matado quando tudo aconteceu, mas agora... agora eu só queria ir embora daquela festa e continuar minha vida com Ana Elizabeth sem intromissões.

— Não pode fugir de mim. Estou de volta a Londres e eu não pretendo sair daqui — falou, chamando minha atenção.

Parei e me virei novamente, encarando-o.

— Você é um miserável, Marcos. Foi uma desgraça como irmão e agora vem dizer que estou fugindo? Foi você que pegou o que era meu e fugiu com medo de um duelo, porque sabia que eu era muito melhor que você com as armas.

— Ela nunca foi sua, Simon — ele respondeu, abrindo um sorriso.

— Eu deveria lhe desferir um soco agora, mas o que vou fazer é lhe agradecer por tê-la levado embora, Marcos. Estava cego por uma paixão que não me deixou enxergar quem realmente era Amália. Então só não chegue perto de mim e da minha mulher. Pode viver onde quiser e da forma que desejar.

— Eu que deveria dizer isso a você, pois bem sei que vai atrás de Amália — rebateu, dessa vez parecendo enfurecido.

Neguei com a cabeça.

— Tenho pena de você, pois, quando peço que não se aproxime da minha família, é porque quero protegê-la de pessoas com a índole tão suja como a sua, mas nunca por medo de que possa de forma alguma roubar minha mulher. Já você, você deve se deitar todos os dias e pensar com quem Amália está sonhando. E esse é o preço que vai pagar pelo inferno que passei. Faça bom proveito dela, pois não a desejaria nem que ela fosse a última mulher deste mundo.

Virei e saí sem esperar sua resposta. A dor dilacerando meu coração.

De longe vi Amália conversando com Ana e senti meu sangue ferver. Como ela podia ser tão fria?

Ana parecia bem. Senti vontade de abraçá-la e sumir daquele lugar.

Meu coração se encheu de ternura por ela e lembrei-me de olhar para trás e encarar Marcos mais uma vez, como um aviso ao meu coração que não poderia amar nunca mais. O amor era doloroso demais.

Abracei Ana e a puxei para mim, deixando claro ali que ela não poderia fazer mal a minha mulher. Eu não deixaria.

— Receio que a festa terminou para nós. Vamos partir — falei para minha esposa, ignorando a presença de Amália.

Fui andando e levando Ana comigo, querendo sair daquele lugar que me sufocava. Mas Amália segurou meu braço.

— Dê-me um minuto — implorou. Não tinha o sorriso de sempre no rosto.

Ana paralisou ao meu lado.

Peguei sua mão e a empurrei.

— Eu lhe dei dois anos da minha vida. Foram suficientes.

Ela pegou um papel que estava na sua bolsa e o colocou no meu bolso da calça.

— Leia, por favor. Só leia! — implorou novamente.

Peguei novamente nos braços de Ana e saímos dali.

Meu coração parecia não bater mais e, quando finalmente entramos na carruagem, eu me sentia o fracassado de sempre.

Sem conseguir amar Ana, sem conseguir bater no meu irmão como desejei o ano todo, sem conseguir gritar com Amália o quanto eu a odiei, como imaginei que faria.

Ana me olhava com um misto de medo e pena. Mas respeitou meu silêncio e minha dor.

— Podemos não falar sobre isso? — perguntei por fim.

— Sim, milorde — ela respondeu.

— Não, por favor, não fique com raiva de mim, não me trate como um estranho. Eu só não tenho todas as respostas para suas perguntas. Por isso prefiro o silêncio.

— Como quiser, Simon — ela falou. Tinha mágoa no seu tom de voz.

— Eu não sinto nada por ela que não seja ódio. Se isso importa para você, quero que fique claro.

— Então por que o bilhete ainda está em seu bolso?

Respirei fundo e balancei a cabeça.

— Não sei. Acho que ainda busco respostas do que aconteceu. O que foi que mudou tudo.

— Então ainda sente algo por ela, Simon. Não consegue enterrar o passado, pois ela o afeta.

— Está enganada. Não sinto nada além de desprezo. Mas ela está com Marcos, Ana! E isso muda tudo. Ele ainda é meu irmão e nada muda isso. Só quero entender, na verdade... — Passei as mãos pelos cabelos. — Nem sei que respostas eu busco.

A carruagem era escura, mas foi possível ver quando uma lágrima saltou dos seus olhos e odiei fazê-la chorar novamente.

— Se a questão sempre foi Marcos, o bilhete que deveria estar no seu bolso seria o dele. Não se engane e não me faça de tola.

Ela virou o rosto e ficou em silêncio durante todo o trajeto.

Quando chegamos, não aceitou minha mão para descer da carruagem.

Estava brava, furiosa e linda. Abri um sorriso diante de todo o caos, ao vê-la andando com rapidez na minha frente. Uma rapidez que não era de uma dama, mas de uma mulher com ciúmes.

Entramos e ela foi subindo as escadas em direção ao quarto.

— Ana Elizabeth — chamei-a alto —, espere por mim.

Ela parou e me olhou com fúria.

— Não me diga o que fazer! Não esta noite. Eu quero que somente por esta noite me deixe em paz — ela falou, apontando os dedos para mim.

Não tinha perfeição, não tinha regras sociais, só tinha Ana Elizabeth e a amei nesse instante de uma forma tão intensa que me assustou.

Eu não poderia amá-la. Eu tinha que manter distância, mas a amava, então fiz a única coisa que achei justa.

Aproximei-me, abri uma de suas mãos e coloquei a carta de Amália.

— Não preciso disso. Só preciso que fique comigo esta noite.

Seus olhos brilharam de surpresa e alívio.

Ela voou em meus braços, abraçando-me forte, e a peguei no colo.

Carreguei até o meu quarto aquela que seria a minha salvação ou a minha perdição. Eu não sabia a resposta, mas nem busquei descobrir.

Eu só precisava amá-la essa noite e, quando o dia amanhecesse, eu decidiria se estava disposto a correr o risco de colocar meu coração nas mãos de uma mulher novamente.

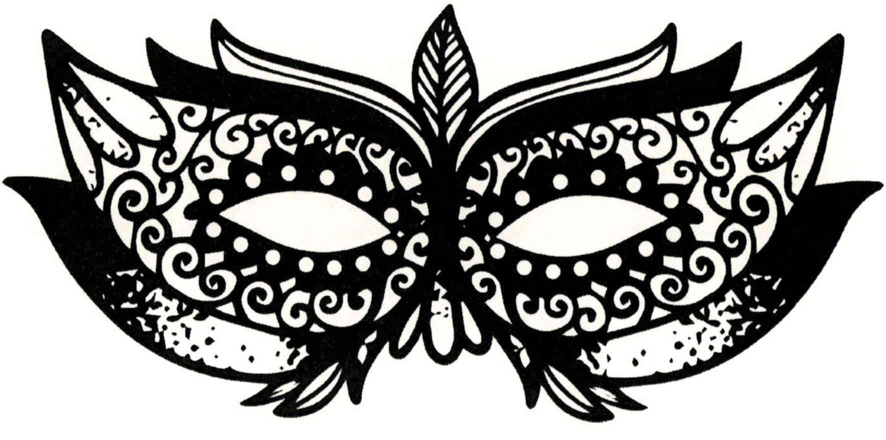

Capítulo Vinte e Quatro

SIMON

Depois de algum tempo, você aprende a diferença, a sútil diferença, entre dar a mão e acorrentar uma alma.
William Shakespeare

Depois de muito relutar, resolvi me entregar, e, se não fosse ao amor, ao menos à paixão com que Ana me olhava.

Era difícil explicar, para alguém que lhe queria dar amor, que você não aceitaria esse sentimento tão inexplicável. Era difícil e inexplicável também colocar em palavras a dor de uma vida sendo traído por todos em que depositei amor.

Deixei o passado de lado e a carreguei até o meu quarto, depositando-a sobre minha cama.

Suas bochechas rosadas de prazer e sua respiração ofegante, esperando por mim, também não tinham explicação.

— Dispa-se para mim — pediu, na verdade, implorou.

Abri um sorriso malicioso.

— Você me enganou muito, Ana Elizabeth. Imaginei me casar com uma boneca fria, uma dama recatada na cama e agora pede que eu me dispa?

Ela abriu um sorriso malicioso também. Eu já conhecia muito dos seus sorrisos, entretanto esse ela nunca tinha demonstrado a mim.

— Deixou-se ser enganado, pois cegou-se do passado. Sempre estive aqui e pronta para ser livre e sua, William!

Paralisei diante do nome e da voz que de repente era muito familiar.

— Você... você... — Perdi-me no susto e nas palavras.

Ela se levantou, ficando de joelhos na cama, veio ao meu encontro e encostou os dedos nos meus lábios.

— Não precisa dizer nada, só me aceite como sua Kate, como naquela noite, mas agora sem máscaras!

Por Deus, era ela! Senti meu sangue ferver de excitação.

Meus olhos foram ao encontro dos seus e, sim, lá estavam eles: os olhos mais azuis que eu já tinha contemplado olhando-me com a mesma intensidade daquela noite.

— Deixe-me amar você essa noite — ela pediu, puxando-me para cama.

Seus lábios vieram de encontro aos meus, como naquela noite, só que dessa vez com muito mais experiência. Sua língua pediu passagem e explorou minha boca.

Eu estava paralisado, entretanto não saberia dizer se de desejo ou perplexidade.

Suas mãos começaram a me desnudar e ela se colocou sobre o meu corpo, ajoelhando-se ao lado das minhas pernas. Suas mãos foram abrindo minha camisa e depois minha calça, com pressa.

Quando finalmente me despiu, começou a despir-se também, fazendo-me ofegar. Quando seu corpo nu se encostou no meu, seus olhos se fecharam de prazer e foi o suficiente para que eu perdesse o controle e a puxasse para mim.

Ela apertou os lábios quando a possuí por inteiro. Estava tão pronta para mim...

Joguei-a na cama, ficando por cima, perdendo o controle e a tomando completamente para mim.

— Ah, Simon... — sussurrou nos meus lábios.

— Gostaria de ir mais devagar, de lhe mostrar todo o prazer que meus lábios poderiam lhe dar, mas não consigo... Estou perdido em você ou talvez tenha me encontrado — falei.

Seu corpo respondeu, agarrando-se ainda mais ao meu, suas unhas cravadas nas minhas costas e um grito de prazer saindo dos seus lábios. Então me perdi na escuridão do desejo que tomou meu corpo de uma forma que talvez nunca tivesse tomado e gritei seu nome, perdendo-me naqueles sentimentos.

Caí ao seu lado e fiquei em silêncio tentando entender tudo que sentia. Quando o desejo foi se dissipando, o medo foi chegando diante de tudo que ela era capaz de despertar em mim.

Achei que o que nos unia era somente um casamento, entretanto me deparei com algo que não saberia explicar em palavras. Era forte demais!

As palavras que ecoaram na minha mente foram abafadas por mim mesmo.

Quando achei que poderia deixar os sentimentos de lado, Ana encostou seu rosto no meu peito, aninhando-se em meus braços e dormiu.

Meu coração se aquiesceu e, mesmo estando escuro e frio, pois o inverno ainda castigava Londres, meu corpo sentiu um calor como se o sol brilhasse em pleno verão.

Senti tanto amor por aquela linda mulher, que era minha mulher, dormindo nos meus braços que uma lágrima rolou silenciosa por meu rosto. E o medo me tomou. Medo de ser abandonado novamente, medo de que o fracasso que me consumia a fizesse enxergar que eu não era o homem que ela imaginava.

Eu era fraco!

Quanto mais tentava ser frio e insensível, mais fraco ficava.

Fiquei aliviado por ela estar dormindo. Eu poderia dar o mundo se me pedisse naquele momento, então, sem que eu percebesse, eu a amava. Mesmo não estando pronto para amar, eu a amava.

Mas o que eu tinha para oferecer à mulher mais incrível que conhecera em todo a minha vida além de um coração em pedaços e uma reputação de fracasso?

Lembrei-me de tudo que ela me disse na noite do baile de máscaras, dos seus anseios por liberdade... Que liberdade teria ao lado de um duque?

Com o tempo, iria se cansar daquele amor e partiria como Amália fez, então não sobrariam cacos para que eu pudesse juntar.

Foi assim com minha mãe, foi assim com Amália e foi assim com Marcos.

Eu estava condenado à infelicidade e precisava aceitar isso. Então a olhei novamente, dormindo feito um anjo, e senti tanta dor em pensar em abandoná-la, mas foi o que fiz.

Peguei seu rosto, afastei-o e saí da cama. Senti o frio da noite ou talvez da solidão. Vesti-me, sentei na penteadeira e escrevi uma carta. Eu era fracassado demais para dizer tudo que sentia olhando para ela, então escrevi.

No frio da noite, subi em um cavalo e saí. Iria para alguma outra propriedade. Precisava pensar com clareza e longe dela.

Enxuguei meu rosto enquanto corria desesperado pelo extenso percurso e deixei que o frio tomasse conta de mim. Senti meu corpo congelando. A mesma sensação de estar morto por dentro, como na noite que minha mãe se foi e quando Marcos me traiu.

Parei o cavalo e tentei respirar. Não tinha ar. Só tinha frio e solidão.

O que eu precisava fazer para não sentir mais aquela dor? Perguntei-me várias vezes.

A resposta era clara. Eu precisava de Ana. Somente dela. Ela era meu remédio. Era o sol da minha vida, meu verão, o fogo que me consumia.

Eu não poderia mais viver sem aquele calor.

Mudei a direção e saí galopando novamente, mas rumo a ela. Eu não fugiria. Ana Elizabeth era diferente, ela tinha que ser!

Meu coração acelerou, meu rosto queimava de calor, mesmo no frio da noite, enquanto corria ao seu encontro. O caminho que tinha percorrido era curto, mas a volta parecia uma eternidade.

Eu a queria para sempre.

Quando finalmente cheguei, desci do cavalo e corri até ela. Só parei para olhar o céu escuro, por um instante, antes de entrar em casa. Eu sempre gostei da noite e odiei o sol. Contudo, abri um sorriso e pensei que, sim, eu não via a hora de o dia amanhecer, porque eu estaria ao seu lado. Eu queria ver o sol nascer com ela... Eu queria tantas coisas.

Continuei minha corrida, subindo as escadas feito um doido, e, quando abri a porta, ela não dormia mais. Estava sentada na cama, ainda nua, olhando-me assustada.

Abri um sorriso. Não qualquer sorriso. Meu melhor sorriso. E ela retribuiu de forma doce, como um perfeito anjo que ela era.

— Pensei que tinha me abandonado — comentou, balançando a cabeça. — Por um instante, pensei que, mesmo depois tudo, você tivesse ido embora. Senti tanto medo, Simon — suspirou.

Seus olhos, mesmo ela estando sorrindo de felicidade, transbordaram em lágrimas silenciosas. Entretanto, eu sabia que não eram de tristeza. Eram de alívio.

— Quero... tentar — falei mais baixo do que gostaria.

Falar tornava aquele sentimento real e eu estava muito assustado.

Fui ao seu encontro e encostei minha testa na sua.

— Quero tentar ser muito além de seu amigo. Quero também ser seu amigo, é claro, porque amigo protege, cuida, amigo é leal, mas não só isso. Quero ser tudo de melhor para você neste mundo, Ana Elizabeth. Não vou abandoná-la nas dificuldades como fizeram com você e eu não vou decepcioná-la... Não, conscientemente.

Ela ergueu a cabeça, procurando meu olhar.

— Ah, Simon, eu já te amo tanto! — Mais uma lágrima escorreu, então percebi que era minha.

— Preciso contar tantas coisas. Como sou quebrado por dentro, para que você entenda e não me deixe dar um passo para trás quando assim eu o fizer.

Ela balançou a cabeça negando e colocou as mãos sobre os meus lábios.

— Eu já sei de tudo, Simon. Sou a viajante do jardim daquela noite — confessou, desviando o olhar.

Apertei-a em meus braços e beijei seus cabelos. Se tinha como amá-la mais, amei-a nesse momento.

— Você é incrível, Ana Elizabeth! Fica mais incrível a cada segundo que a conheço melhor. Eu gostaria de ficar aqui, com você, longe do mundo, pelo resto da vida — confessei.

Ela levantou os olhos brilhando pelas lágrimas que tinham caído, sorriu novamente e perguntou:

— Não podemos? O mundo é tão cruel lá fora, e não preciso de ninguém além de você para viver.

— Não podemos, mesmo sendo meu desejo também. Vamos enfrentar o mundo e eu vou lutar para garantir sua felicidade. Eu prometo. Só precisa me prometer que vai cuidar do meu coração, que estou colocando nas suas mãos hoje. Ele não pode levar mais nenhum tombo ou tropeção, já está tão remendado que, se quebrar novamente, não será possível juntar os cacos.

Uma lágrima pingou em meu peito e, quando olhei para Ana, percebi que as lágrimas eram minhas.

Ela ergueu sua mão e as secou.

— Eu estarei aqui, Simon, para amá-lo e também para secar suas lágrimas. — Foi sua promessa. — Eu te amo!

Não consegui responder. As lágrimas me consumiram em um soluço que estava guardado havia tanto tempo. Finalmente tinha alguém para enxugá-las, e não precisaria mais fazer isso sozinho.

Ela me abraçou, apertando-me contra si.

Deixei que a tristeza de anos lavasse a minha alma.

— Não precisa mais chorar sozinho. Sempre estarei com você — ela me prometeu novamente.

Eu tinha tantas promessas, tantas coisas para lhe dizer... Queria dizer quanto a amava, mas não consegui dizer nada, pois o passado estava saindo de dentro de mim.

— Não se preocupe, Ana. É só o gelo que derreteu e está transbordando. Obrigado por ser o sol da minha vida.

E assim ficamos por minutos ou horas, eu não saberia dizer.

PAULA TOYNETI BENALIA

Capítulo Vinte e Cinco

ANA ELIZABETH

Atiramos o passado ao abismo, mas não nos inclinamos para ver se está bem morto.
William Shakespeare

Quando o dia amanheceu, Simon não estava mais ao meu lado, mas deixara um bilhete que acalmara meu coração.

Precisei resolver assuntos urgentes, e não quis acordá-la, mesmo desejando beijá-la pela manhã. Volto antes do escurecer.
Com amor,
Simon.

Abri um sorriso. Estava difícil contê-los.

Quando fui me casar, imaginei-me sendo amordaçada e com todos os meus sonhos sendo trancados em algum lugar obscuro. Então conheci Simon na sua essência e ele, mesmo sem saber, mostrou a mim o grande homem que era.

Eu só precisava dar-lhe mais algum tempo para que finalmente pudesse enterrar o passado de uma vez e aí, sim, ele poderia me dizer o quanto me amava.

Lembrei-me da carta de Amália e levantei da cama para pegá-la no bolso do vestido, onde tinha colocado na noite anterior.

Eu almejava que *ela* ficasse somente como uma lembrança ruim do passado, mas o passado de alguma forma, mesmo com dor, ainda deixava requisições em Simon. Contudo, eu precisava ser a primeira a deixá-lo para trás. Então, em vez de abrir o bilhete, rasguei-o em pedaços pequenos e os joguei na lareira que aquecia o quarto.

Eu não estava com vontade de sair do quarto. Ficar ali reforçava as lembranças do dia anterior que, na sua perfeição, não saíam da minha mente.

Vesti-me e peguei o diário que encontrei na biblioteca quando me casei, e que há tantos dias eu não abria.

Folheei, folheei... Havia tantas coisas lindas escritas ali.

Dentre todos os sentimentos, o mais profundo e sem explicação é o amor correspondido.

Ter alguém que retribui seu afeto é como o entardecer. Perfeitos juntos. Nem o calor, nem o escuro sendo mais do que o outro, mas sim o complemento que faz o céu ter cor única.

Acordar e saber que alguém pensa em você durante o dia, que alguém pega na sua mão para atravessar a rua, que o admira enquanto você dorme ou que seca suas lágrimas quando você chora é algo que o dinheiro não compra.

E, aqui estou eu, estou escrevendo palavras sabendo quão profundos são os sentimentos que sinto por ele e ele por mim, mas que não podemos viver isso juntos.

Não nesta vida!

Mas o amor perpassa vidas e eu espero encontrá-lo nem que seja nos sonhos que terei depois que partir.

E partirei o amando. Sempre.

As palavras daquele dia eram mais melancólicas do que as que encontrei nas primeiras páginas e comecei a me perguntar de quem seriam elas.

Fui folheando o diário e um papel caiu. Abaixei e peguei-o quando alguém bateu à porta, então guardei o diário na minha penteadeira e coloquei o bilhete no bolso do vestido. Mais tarde eu o leria.

Abri a porta e me deparei com Carlos, o fiel lacaio de Simon.

— Não saiu com Simon? — perguntei, estranhando.

— O milorde não permitiu, duquesa. Vim avisá-la de que tem visita — falou. Parecia apreensivo.

— Quem me procura? — perguntei.

— Marcos, irmão de Simon, está à sua espera fora desta casa, pois não permiti que entrasse. Creio que Simon não desejaria que ele estivesse aqui nem que a senhora o visse. Mas vim avisá-la, pois temo que, se chegar e encontrá-lo, nada de bom pode sair disso.

Assenti, entendendo sua preocupação. Carlos tinha medo de que Simon duelasse com o irmão.

— Vou descer e falar com ele. Vamos torcer para que Simon demore a chegar e assim não o encontre. Se eu não for, será pior! Nem sei o que poderá acontecer se ele esperar o duque chegar.

Carlos assentiu. Era o que ele pensava também e o trouxera até meu quarto.

Pensei por um instante aonde Simon teria ido sozinho. Algo me fez pensar em Amália, mas apaguei da mente. Se eu queria que ele enterrasse o passado, eu precisava fazer isso também.

Já estava vestida, só precisava pentear o cabelo, então foi o que fiz rapidamente e desci para encontrar Marcos.

Quando abri a pesada porta da frente do castelo, lá estava ele, encostado na parede, encarando-me.

Não me deixei abater por seu olhar frio e o encarei, erguendo meu rosto.

Seus traços físicos eram muito parecidos com os do irmão, mas seu olhar, diferentemente do de Simon, era frio e sem sentimento algum.

— Creio que tenha um bom motivo para vir nos incomodar esta manhã! — declarei.

— Vejo que não é uma boneca perfeita como colocaram na sociedade. É astuciosa, claro! — Deu um pequeno sorriso. — Simon não gosta de damas. Ele gosta de vagabundas como Amália.

Senti vontade de estapeá-lo por falar assim da própria mulher, mesmo sendo Amália, e por indiretamente colocar o adjetivo em mim.

— Tenho certeza de que não está aqui para discutir os gostos de Simon — rebati.

Ele se afastou da parede e se aproximou de mim.

— Não, com toda certeza, não. Apesar de saber que ele tem bom gosto para mulheres. Você é realmente muito bonita.

Senti nojo do elogio saindo da sua boca, pois ele era meu cunhado, irmão do meu marido. Como poderia ser tão baixo?

— Está feliz com ele? Ele é homem suficiente para você na cama? Pois sei que para Amália não foi, portanto, se quiser experimentar coisas novas, posso lhe oferecer prazer sem fim.

Dessa vez não me contive e dei um tapa em seu rosto. Eu estava ficando realmente boa em fazer isso.

— Saia da nossa propriedade! Saia da vida de Simon! Suma da minha frente!

Ele riu novamente, assentindo, enquanto passava a mão no rosto ardendo por meu tapa.

— Foi o que Amália me disse a primeira vez que lhe propus. Ela mudou de ideia dias depois quando percebeu que Simon nunca seria um homem de verdade para fazê-la feliz. Ele é todo estragado por dentro. Nunca será capaz de fazer você feliz.

— Saia agora! — berrei. Não foi um grito! Foi um berro mesmo! Apontei o dedo para sua carruagem. — Entre nela e nunca mais coloque os pés aqui ou serei capaz de matá-lo com minhas próprias mãos, já que Simon não fez isso.

— Estarei no Porto, em Docklands, à meia-noite. Encontre-me lá se mudar de ideia — falou.

Dessa vez meu estômago se embrulhou e precisei puxar o ar para não vomitar na sua frente.

— SAIA! — gritei novamente.

Ouvindo meus gritos, Carlos ameaçou se aproximar, mas balancei a cabeça como um sinal para que não o fizesse. Não era necessário.

Marcos foi caminhando, dando-me as costas finalmente. Então parou e me encarou.

— Creio que, se você for à Casa da Felicidade, um antro de perdição e jogos de Londres, nas próximas horas, vai mudar de ideia. Vai ver quão pouco Simon pode lhe oferecer. Sei que não é uma mulher de migalhas.

— Saia, saia, saia! — gritei feito uma louca.

Dessa vez ele se foi. Suas palavras ecoando dentro de mim.

Não era possível! Eu não poderia cair na sua armadilha.

Simon não disse que me amava, mas aceitou meu amor. Isso já era muito! Ele não me machucaria. Ele tinha prometido.

Minha visão ficou turva pelas lágrimas.

Meu pai, Gabriel, minha mãe... Tantos já me tinham prometido segurança, e olha tudo que tinham feito.

— Sente-se bem? — Carlos perguntou, aproximando-se.

Não consegui responder. Virei e vomitei tudo que estava parado na minha garganta.

Quando me recompus, olhei para o pobre homem que estava assustado e disse:

— Vou para o quarto me recompor e volto dentro de instantes. Prepare uma carruagem. Vou sair — ordenei.

Ele continuou parado, parecia perdido e assustado.

— Simon precisa de mim — completei.

Fui para o meu quarto, lavei-me e vesti o que de mais decente eu tinha. O vestido bege não me favorecia. Mas eu precisava passar despercebida no lugar que estava prestes a entrar.

Olhei-me no espelho, e não gostei do que vi. Eu precisava estar errada. Simon nunca voltaria para Amália.

Os homens poderiam ter suas esposas e várias amantes. Mas eu não era como as outras esposas. Eu não aceitaria isso.

Apertei as bochechas dando vida e cor ao meu rosto, segurei as saias do vestido que me atrapalhavam a andar e saí, batendo a porta do quarto.

Carlos me esperava fora da carruagem.

— Vou sozinha — falei para ele de forma firme, mostrando que não aceitaria argumentos.

Ele estendeu a mão e me ajudou a subir na carruagem.

— Preciso saber aonde vai para avisar o cocheiro — falou com medo.

Sim, os homens, mesmo os desconhecidos, sabiam identificar de longe uma mulher com raiva! E uma mulher com raiva era pior que uma tempestade.

— Vou à Casa da Felicidade — falei. — Simon me aguarda.

Ele saiu fechando a porta da carruagem. Logo em seguida, ela começou a se mover.

O caminho até Londres era curto, e eu não fazia ideia de onde ficava essa tal casa, mas minha ansiedade e meu medo tornaram o caminho longo e tedioso.

Encontrar Simon com Amália não seria só uma traição. Seria o fim de um sonho, de uma vida, de uma ilusão de felicidade...

Se ele me traísse, não sobraria nada!

Apertei as mãos e fechei os olhos, pedindo que Deus me ajudasse, quando a carruagem finalmente parou.

Lembrei-me das palavras de Simon, de que eu era o sol da sua vida.

Ele precisava saber que para mim ele não era o sol, ele era o que me restava de vida.

Respirei fundo e desci, preparando-me para o pior, mas desejando o melhor!

PAULA TOYNETI BENALIA

Capítulo vinte e seis

SIMON

Todo mundo é capaz de dominar uma dor, exceto quem a sente!
Willian Shakespeare

Olhei para Ana umas dez vezes antes de conseguir sair. Ela estava linda, perfeita, dormindo ainda nua da noite anterior.

Senti tanto amor quando a olhei que meu peito doeu. E senti paz, uma paz que nunca tinha sentido.

Havia recebido um bilhete de Gabriel junto do jornal da manhã. Ele dizia estar em apuros e me pedia socorro.

Eu não poderia deixá-lo lá, sem saber o que estava acontecendo e, por mais que Ana Elizabeth o odiasse no momento, era visível seu sofrimento quando o assunto era o irmão. Então decidi sair sem incomodá-la. Seria mais fácil do que ter que me explicar ou até mentir para que não se preocupasse.

Já estava em meus planos ir atrás dele desde que Carlos me disse que ele estava torrando todo o dinheiro que lhe dei para me casar. Minha esposa tinha dado a vida pela mãe e ele jogara tudo pelos ares, sem importar com a irmã.

Quando cheguei à Casa da Felicidade, estava tudo em silêncio por lá. Pela manhã, as mulheres dormiam depois de uma madrugada intensa e os homens que não retornavam para casa normalmente estavam de ressaca e sem condições de acordar.

Agradeci por isso, pois não almejava estar naquele local, então o silêncio que pairava ajudava.

Um lacaio abriu as portas da frente sem perguntar o que eu fazia ali. Um duque nunca precisava dar satisfações.

Assim que entrei, o cheiro de bebida forte e charuto inundou meu nariz. Odiei-o, pois ainda podia sentir um instante atrás o cheiro de Ana sobre o meu corpo.

Como os homens poderiam gostar de lugares como aquele? Eu sempre os odiei e, por mais que tivesse frequentado muitas vezes para fazer negócios, nunca me sentia bem.

Algumas mulheres seminuas dormiam ali mesmo, no chão, ou sobre os sofás de camurça e dois homens estavam dormindo debruçados no bar. Eram a imagem da decadência.

Onde eu encontraria Gabriel? O lugar parecia um labirinto cheio de quartos escondidos. Eu não poderia sair invadindo todos eles.

— Milorde? — alguém me chamou.

Uma jovem que vestia somente as saias e tinha os peitos de fora, enquanto segurava uma taça de vinho, encarava-me. Pelo visto, a noite ainda não terminara para ela.

— Posso ajudá-lo? — perguntou, aproximando-se e colocando uma mão sobre meu peito.

— Não desejo isso — esclareci. — Apenas busco por alguém.

Ela abriu um sorriso malicioso e estendeu uma mão com a palma aberta. É claro! Não me daria informações sem que eu lhe pagasse. Tudo era movido a dinheiro. Era fácil deixar uma fortuna naquele lugar.

Enfiei a mão no bolso e tirei algumas moedas, colocando-as em sua mão.

— Procuro por Gabriel, o duque de Norfolk.

Ela assentiu e me estendeu uma chave.

— Estive com ele na noite passada, o pobre coitado está sem rumo. Vai encontrá-lo no quarto 6, no segundo andar. A porta deve estar trancada.

Assenti e fui em sua direção para pegar a chave, mas ela negou. Claro! Queria mais dinheiro.

Dei-lhe mais algumas notas que estavam em meu bolso e ela a entregou.

Saí sem dizer mais nada e subi para o segundo andar. O corredor escuro, cheio de portas trancadas e cheirando à bebida me fez sentir nojo de tudo aquilo.

Encontrei a porta com o número 6 pendurado. Pensei em bater, mas ele não abriria, ainda mais aquele horário, que provavelmente deveria estar dormindo sob efeito de álcool. Então coloquei a chave na porta e a abri.

Estava escuro dentro do quarto.

— Gabriel? — chamei.

Dei um passo para dentro, buscando alguma vela que pudesse acender, então escutei a porta atrás de mim se fechar.

No instante seguinte, uma vela foi acesa e senti meu coração paralisar com o que vi.

Não era Gabriel que estava ali, e sim Amália. Ela estava nua, sorrindo e aproximando-se de mim.

Demorei para conseguir assimilar tudo que estava acontecendo, até perceber que era uma armadilha.

— Simon, meu amor, finalmente estamos a sós.

— Você enlouqueceu! — afirmei, tentando manter a calma.

Ela balançou a cabeça negando e deu um passo à frente, ficando mais próxima de mim. Segurou seus peitos com as mãos e me desferiu um sorriso malicioso.

— Sei que me deseja, só está com raiva, mas eu tinha certeza de que, se me visse nua e me tocasse, lembraria o fogo que nos consumia na cama. Eu não me esqueci de você nem por um segundo, nem da forma como me tocava ou como seus lábios passavam por meu corpo. Venha, amor, sou toda sua, sempre fui!

— Pare onde está, Amália — ordenei, quando ela foi aproximando-se. — Você nunca foi minha e nunca será de ninguém, pois você mesma não sabe a quem pertence.

Ela não obedeceu, aproximando-se ainda mais e encurralando-me na porta.

Desejei tantas vezes estar perto dela, gritar e colocar para fora todo ódio que eu sentia, mas, vendo-a nua ali, eu não sentia nada a não ser desprezo. Quando me lembrava de Ana, o passado, a traição, o amor que pensei sentir um dia, tudo se tornou pequeno e insignificante.

Eu amava Ana muito mais do que pensei ser capaz e o sentimento que tinha por ela era muito maior do que tudo que senti um dia.

Virei-me para sair e percebi que a porta estava trancada. Sem que eu notasse, ela a tinha trancado.

— O que quer de mim, Amália? Ou melhor, o que acha que vai conseguir me trancando aqui com você nua? Eu não sinto nada por você, além de desprezo.

Ela balançou a cabeça negando. O sorriso tinha sumido do seu rosto.

— Está enganado. Está com raiva, mas tenho o resto da vida para lhe dar. E todo o tempo do mundo para lhe pedir perdão.

— Não quero seu perdão, eu não quero nada de você a não ser distância. Abra a porta, antes que minha paciência termine.

Seu corpo se encostou no meu, e a empurrei para longe. Mesmo sabendo que era mulher e que não deveria tratá-la assim, ela tinha passado de todos os limites.

— Simon...

— Não! Eu amo Ana Elizabeth. Isso não vai mudar.

— Está MENTINDO! — gritou, dessa vez havia lágrimas em seus olhos. — Não tem como você amar uma mulher sem graça e fria como ela. Eu sou o amor da sua vida!

Dessa vez sorri com ironia.

— Você, Amália, é como uma noite sombria de um inverno rigoroso que me traz apenas lembranças tristes e que eu nunca mais quero reviver. — Abri um sorriso, mas um sorriso verdadeiro. — Já Ana, Ana é uma manhã de verão, é o sol que me aquece e me faz querer viver para sempre, ser eterno, porque me parece que só a eternidade é pouco tempo para o que desejo viver com ela.

— Simon... — sussurrou entre as lágrimas.

— ABRA a porta agora, antes que conheça minha pior face! — ordenei novamente.

E a porta se abriu, mas não foi Amália a responsável, pois ela continuava ali nua na minha frente.

Quando ouvi a porta rangendo e me virei para olhar quem a abria, meus olhos se encontraram com os olhos mais azuis que eu já tinha visto e que tanto amava.

Ana me olhou e depois desviou o olhar para Amália. Meu coração parou de bater, meu sangue foi se congelando, porque eu sabia que nada de bom viria daquilo. Então tudo foi fazendo sentido... A carta de Gabriel, a dama vendendo a chave do quarto, Amália nua e agora sua presença...

Balancei a cabeça não acreditando em quanto fui ingênuo, não acreditando que Ana estava ali... Não! Não!

Olhei para ela, enquanto me encarava perplexa, a tristeza expressa nos seus olhos azuis.

— Como pôde fazer isso, Simon? — Foi tudo que disse antes de me dar as costas e sair correndo.

— ANA! — gritei desesperado.

Olhei para Amália novamente e ela sorria com os olhos ainda molhados das falsas lágrimas que tinha derramado havia pouco tempo.

— Se você não for meu, não será de mais ninguém! — afirmou.

— Se Ana não me perdoar, você vai conhecer a ira de um duque — falei, apontando o dedo para seu rosto. — Isso é uma ameaça. Vou destruí-la, Amália, como deveria ter feito quando retornou para Londres.

Eu queria destruí-la com minhas próprias mãos, mas agora não tinha tempo para isso. Saí correndo atrás de Ana Elizabeth. Era só ela que importava!

Eu não poderia perdê-la. Meu coração se congelava só de pensar nela me odiando como naquele momento.

Ela precisava acreditar em mim!

Por Deus, como aquilo tinha acontecido!

Quando cheguei à porta do bordel, a carruagem ainda estava lá e o cocheiro em pé, ao lado.

Olhei desesperado para ele.

— Ela saiu correndo, milorde, para aquele lado. — Apontou para a esquerda.

Corri desesperado pelas ruas próximas, pelas mais longes e por todas que pude...

Corri durante manhã e tarde. E, quando começou a anoitecer, eu soube que não a encontraria, a não ser que ela quisesse ser encontrada. Então voltei para o bordel onde a carruagem ainda me aguardava.

Sentei desolado no chão, desesperado, cansado, aflito e com o peito totalmente congelado.

Eu precisava dela, do seu calor...

Eu precisava do meu sol.

— Simon! — Escutei alguém me chamar, depois de algum tempo que eu nem sabia quanto havia sido.

Olhei e vi Gabriel saindo do bordel. Ele estava descabelado, com a barba por fazer, os olhos vermelhos, a roupa amassada... Era a expressão da decadência.

Levantei-me e fui ao seu encontro, desferindo um murro em seu rosto.

Capítulo Vinte e Sete

SIMON

É mais fácil obter o que se deseja com um sorriso do que à ponta da espada.
Willian Shakespeare

Eu iria matá-lo se não me controlasse, então parei e o encarei.

Ele levantou o olhar, colocando a mão sobre o nariz, que sangrava. Não revidou, só me olhou parecendo mais perdido do que eu.

— Posso saber por que motivos eu apanho? — perguntou.

— Por não ser homem suficiente para arcar com as merdas que fez, por vender sua irmã como se ela fosse algo sem importância, por estar aqui há dias, nesse bordel, gastando o dinheiro que custou a felicidade de Ana...

Ele balançou a cabeça, assentindo, seu olhar era triste.

— Creio que mereça muito mais que um soco, mas, olhando para você, Simon, vejo que não me parece muito bem. Sem contar que, quando vendi Ana, aceitou de bom grado a esposa perfeita e nunca lhe perguntou se ela seria feliz ou se gostaria daquilo. Creio que desejaria socar a si mesmo no momento, pois me sinto assim também, então, não, não sou o único culpado das suas desgraças.

Senti meu peito apertar ainda mais diante de suas palavras, pois elas eram reais.

— A diferença entre nós é que amo Ana, então vou passar o resto da minha vida lutando para que ela me perdoe. Já você, Gabriel, se continuar neste papel de vítima, vai se afundar até estar morando na rua. Saia daqui e mude sua vida. Não dá mais para culpar uma mulher ou um jogo por suas escolhas.

Virei-me para sair dali, mas retesei e o encarei, fazendo mais uma pergunta.

— Você me mandou algum bilhete essa manhã?

Ele balançou a cabeça negando. Claro! Não foi ele! Era orgulhoso demais para pedir ajuda.

Eu tinha caído na armadilha de Amália. Ela pagaria por isso! Mas, por ora, precisava encontrar Ana Elizabeth para fazê-la me perdoar. Era só isso que importava.

Entrei na carruagem e pedi que me levassem para casa. Precisava que Carlos me ajudasse na busca e, caso necessário, contrataria mil homens para encontrá-la em Londres.

A viagem parecia eterna. Apoiei minha cabeça no friso da carruagem, fechei os olhos e pedi aos céus que me ajudassem a encontrá-la.

Havia tantas coisas para dizer a ela, porque não disse antes...

A carruagem parou abruptamente e desci correndo. Carlos me esperava na porta da propriedade.

— Milorde, ela está no quarto. Chegou chorando e se trancou lá.

Eu não saberia explicar o que senti ao constatar que Ana estava em casa. Foi como respirar novamente depois de ficar vários minutos embaixo de água. O alívio foi tão grande que o puxei para um abraço e, quando o soltei, ele me olhava com espanto e visivelmente emocionado.

— Precisa saber também — falou quando ameacei sair. — Que Marcos esteve aqui pela manhã e conversou com ela por algum tempo. Ele que avisou a Ana que o senhor estava na Casa da Felicidade e a convidou para fugir consigo.

Senti o ódio transbordar quando me confessou tudo isso, mas não tinha tempo para meu irmão agora. Eu precisava só do perdão de Ana e explicar-lhe toda aquela bagunça que tinham feito comigo.

Saí correndo e, quando parei em frente à porta do seu quarto, estava trancada. Então bati com força, esperando desesperado que ela abrisse.

O silêncio permaneceu do outro lado.

— ANA! — gritei. — Só me dê um minuto, eu lhe imploro, só me deixe explicar o que aconteceu. Se decidir me odiar depois de falar comigo, vou aceitar e lhe dar o tempo que precisar para me perdoar, mas, por favor, abra a porta.

O silêncio continuou esmagando meu coração.

Ela tinha que me ouvir.

Corri até o meu escritório, peguei uma carta e comecei a escrever. Eu abriria meu coração e colocaria por baixo da porta. Era a minha última esperança.

Ana Elizabeth, sol da minha vida...

Antes de explicar qualquer mal-entendido, gostaria de dizer tudo que sinto e o que você representa na minha vida.

Você me ofereceu amor, quando o mundo enxergava desgraça e gelo. Você foi além e conseguiu enxergar que no fundo eu era só um homem que não tinha ninguém para enxugar minhas lágrimas.

Eu a amei. Amei você desde o primeiro olhar por trás da máscara que você usava. Amei sua audácia e a forma como você se colocava no mundo. Naquela noite percebi que o mundo não tinha espaço para uma mulher como você.

Eu a amei quando você na sua perfeição conseguia me desestabilizar, porque, mesmo seguindo todas as convenções sociais, seus olhos me desafiavam e mostravam que aquilo que executava com perfeição era tudo que detestava.

Eu a amei quando você sofrendo pelo luto, como estava, ofereceu-me seu amor. Você não tinha nada, e me oferecia tudo.

Eu a amei ainda mais quando conseguiu me fazer ver o sol e enxergar que a luz do dia era o sinal de felicidade, e não o meu atestado de morte, como pensei por um longo tempo.

Você trouxe vida, luz e paz para onde só chegava escuridão e frio.

Quando descobri que você tinha voltado para casa hoje, fiquei aliviado, mas, ao mesmo tempo, pensei com pesar que você não tinha outro lugar para ir. Mesmo me odiando, voltou para casa.

Quero ser para sempre o seu abrigo e quero que você seja sempre a única a enxugar minhas lágrimas.

Deixe-me ser o dono do seu sorriso, deixe-me levá-la para jantar sob as estrelas, deixe-me ser o seu bom-dia no amanhecer e o fogo que a consome ao deitar; deixe-me colorir seus dias, ser o dono dos seus sonhos e principalmente me deixe amar você.

Sei que tudo que viu parecia algo que nem de longe era real. Entretanto, não quero explicar nesta carta nem falar nada que não seja sobre você. Só abra a porta e me deixe olhar seus olhos e dizer o que realmente aconteceu. Só me dê uma chance de não perdê-la para sempre, porque sei que, mesmo estando aqui, mesmo que continue sendo minha duquesa, minha mulher, vai me odiar...

E não quero seu ódio!

Quero o amor que tanto me ofereceu, e relutei a aceitar por medo, porque eu sabia que a amaria muito mais que a mim mesmo e que, se a perdesse, estaria para sempre destruído.

Achei mais fácil ficar parado no medo, congelado nas minhas percepções.

Mas o amor que sinto por você foi maior que tudo.

Continue sendo meu sol, e prometo que serei, enquanto viver, sua morada.

Com amor que guardei só para você,

Simon.

Dobrei o papel, coloquei-o por baixo da porta e esperei, em pé, olhando para ela.

Foram as horas mais longas de toda a minha vida.

Quando escutei a porta rangendo ao se abrir, lá estava ela, meu sol, com os olhos encharcados de lágrimas, os cabelos despenteados, as bochechas vermelhas de quem acabara de chorar, o vestido todo amassado... Ela estava imperfeita, mas, se tinha como amá-la mais, eu amei.

— Nada daquilo que viu foi culpa minha.

— Não me faça de tola — rebateu. Estava com raiva, porém ainda mais linda.

— Recebi um bilhete que dizia ser do seu irmão e que estava em apuros. Saí ao seu encontro, sem avisar você, porque não queria que sofresse. Mas era uma armadilha de Amália. Quando entrei no quarto pensando encontrá-lo, era ela que estava lá e nua, então trancou a porta sem que eu percebesse, mas juro pela minha vida que não a toquei e que não senti nada por ela. É só você que amo com toda a minha vida.

Despejei as palavras enquanto ela continuava olhando-me com um misto de tristeza e raiva.

— Pode confirmar com Gabriel. Ele nunca me mandou nada e tenho o bilhete dele! Não estou mentindo! — Passei a mãos pelos cabelos, desesperado. — Tem que acreditar em mim...

Minha voz embargou e parei.

— Nunca mais saia de casa sem falar comigo — ela ordenou entre as lágrimas. — Nunca mais! Entendeu?

Assenti.

— Você acredita em mim? — perguntei por fim.

— Claro que acredito, Simon! Em momento algum pensei que fosse voltar para aquela mulher sem graça! Eu só estava com raiva, porque saiu de casa sem avisar e me deixou sozinha!

Senti meus olhos transbordarem de alívio.

Ela se aproximou e me abriu um sorriso que só ela tinha e meu coração acelerou de uma maneira que só ela conseguia fazer.

Seus dedos abraçaram meu rosto e ela pegou algumas lágrimas com as mãos.

— Eu sempre vou estar aqui para enxugar suas lágrimas.

Encostei minha testa na sua, respirando todo o seu perfume.

— E sempre vou ser o seu lar. Eu te amo, meu sol, muito mais que posso colocar em palavras.

PAULA TOYNETI BENALIA

Capítulo vinte e oito

ANA ELIZABETH

Querido diário,

Decidi que você não poderia ficar perdido e que as palavras que tanto me ajudaram em momentos difíceis precisavam se perpetuar para gerações futuras.

Devo começar me apresentando, já que demorei muito para descobrir quem foi sua primeira dona!

Sou Ana Elizabeth, duquesa de Western. Fui criada para ser uma mulher perfeita e, consequentemente, conseguir um ótimo casamento. Esse sempre foi o plano. Só esqueceram que não poderiam acorrentar meus pensamentos. Então eles voaram, sonhando com um mundo no qual eu pudesse ser livre, dona de mim, das minhas ideologias e dos meus pensamentos.

Fui forçada a me casar com um homem que achei que me acorrentaria novamente. Mas, ao mesmo tempo, ganhei de presente um duque diferente de todos os outros que eu já tinha conhecido. E, embora relutando com o amor que sentia por mim, ele deixou-me amá-lo.

O mundo não dá liberdades para as mulheres. Ele as aprisiona. Contudo, Simon tem sido desde então o meu mundo e ele me deu a liberdade de ser como eu quiser dentro do nosso mundo.

Em casa tenho optado usar calças por serem mais confortáveis e ele fica me admirando quando as visto. Aí dou uma gargalhada diante do seu olhar e seus olhos transbordam de desejo.

Quando ele vai ao parlamento, passamos dias discutindo política. Ele escuta todas as minhas opiniões e as anota em um papel, que leva para lá posteriormente e as coloca em prática quando possível. Rimos disso, pois os homens pensam que estão sendo governados por um duque, quando, na verdade, é a voz de uma mulher que os comanda. Uma voz silenciosa ainda, pois não podemos gritar ao mundo o que fazemos, no entanto sonho com esse dia.

Sou feliz e agradeço todos os dias por tudo. Eu, que pensei ser vítima de um casamento infeliz, transformei-me na duquesa mais sortuda de toda a Terra.

Simon me ensina muito também, principalmente quando estamos sem roupas. Nunca imaginei que todos os cômodos da propriedade, que é gigante, pudessem servir para esse fim. E também nunca imaginei que seus lábios serviam para tantas coisas além dos beijos que ele me dá.

Então, esta tem sido nossa vida: amamo-nos e pensamos em um futuro muito mais justo para todos nós. Mas não pense que foi um caminho fácil.

Quando entreguei meu amor a Simon, achei que ele o jogaria no lixo e voltaria correndo para Amália. Não vou passar muito tempo falando dela por aqui, pois ela não merece nem ser citada. Mas pense que ela armou uma emboscada para ele e eu nunca senti tanto medo de perdê-lo como naquele dia. Simon não sabe disso, claro! Eu lhe disse que sempre soube que ele nunca me trocaria por aquela mulher sem graça. Mas a verdade é que ela não era sem graça. Entretanto, ela o traiu e trouxe desgraças para a sua vida e, quando fazemos o mal, sempre o recebemos de volta. Vou deixá-lo pensar que nunca me abati por aquela mulher. Confiança é tudo em uma dama!

Não falamos mais sobre o passado, apesar de que ele desejou arruiná-la de todas as formas, mas sentamos, conversamos e no fim percebemos que o maior castigo a vida já lhe dera: ela nunca teria o homem que amava, pois ele me pertencia.

Quanto ao seu irmão (que me esqueci de mencionar foi quem roubou Amália de Simon), também entendemos que ele já tinha sofrimento suficiente para sua vida, pois foi embora com Amália de Londres, mesmo sabendo que o amor dela era Simon.

Sim, temos muitas aventuras por aqui. Londres nunca é tranquila!

Simon também pensou com pesar que seu irmão sempre quis tudo que era seu e isso me incluía! Marcos tentou me levar embora consigo. Entretanto, eu nunca faria isso.

Simon é o amor da minha vida!

Se Marcos soubesse que a alegria não está no que Simon tem, mas no que possui e isso vai além de títulos, riquezas ou beleza... Ele possui um coração bondoso e generoso. Algo que Marcos nunca saberá o que é.

Eu tenho tentado perdoar a todos também e esquecer tudo que passou. O mais difícil tem sido perdoar a Gabriel. Meu irmão me vendeu para pagar dívidas que ele havia feito e depois gastou o dinheiro com boêmia. Sofro por não conviver com ele, mas meu coração não aceita suas escolhas. Quem sabe o tempo possa mudar alguma coisa? Por ora, não quero vê-lo!

Ah, esqueci-me de mencionar que descobrimos essa semana que este diário era da mãe de Simon. Havia um bilhete no qual ela confessava que escrevia essas palavras para um amante. Ele ficou chocado por um longo tempo, mas por fim ficou feliz de saber que alguém a tinha amado, já que seu pai a via como um objeto.

A morte da mãe nunca vai ser superada, pois ele se culpa por isso sempre. Nunca me diz, mas eu percebo! Quando isso acontece, abraço-o e o amo ainda mais. É o que posso fazer por ele. Curar suas feridas e secar suas lágrimas, já que não tenho o poder de mudar o passado. Mas posso mudar o futuro e nele Simon colecionará lembranças boas de alguém que sempre estará para ele na alegria e na tristeza, alguém que sempre vai secar suas lágrimas com beijos e iluminar sua manhã.

Ele diz que sou o sol da sua vida. E ele é o mundo que me permite brilhar. Não tem vida sem sol e o sol não tem sentido se não existir a vida.

Nós nos completamos nas nossas dores, alegrias e ideias malucas.

Ontem ele resolveu aceitar um convite para um baile de máscaras e disse que vamos viver uma aventura, como na noite em que nos conhecemos.

Ele quer me beijar ao amanhecer.

Estou sorrindo feito boba com a ideia.

Ele, meu Willian; eu, sua Kate!

Então, diário, devo voltar em breve com novidades e aprendizados, afinal a vida é uma constante escola.

Eu aprendi muito principalmente com a convivência com Simon. Eu achava que, quando as pessoas sofriam bastante, elas ficavam amargas, mas descobri com ele que os seres humanos que experimentaram as maiores tristezas são os que mais fazem os outros felizes.

Ele me diz que nunca quer me ver chorar e, se eu chorar, ele sempre vai secar as minhas lágrimas. Garantiu-me que nunca vou sentir as dores que ele sentiu no passado.

Creio que já escrevi em demasia. Depois venho contar sobre o baile.

Até breve!

Duquesa de Western.

PAULA TOYNETI BENALIA

Epílogo

Nós sentamos em um canto reservado, no jardim da mansão onde era oferecido o jantar naquela noite.

Ana me olhava com paixão. Mesmo por trás da máscara, eu poderia imaginar cada traço do seu rosto perfeito. Ela estava linda. Usava azul como de costume, já que a cor lhe caía muito bem. Mas o azul era mais forte que o usual. Era um azul-turquesa que combinava perfeitamente com a cor dos seus olhos.

— Nunca poderia imaginar que estaria casado com a dama que tanto me encantou aquela noite. Minha Kate...

Ela abriu um sorriso.

— E porque escolheu me chamar de Kate aquela noite?

— Porque vi uma mulher forte, obstinada, desobediente e imprópria para um casamento.

Ela colocou a mão sobre a boca, fazendo cara de espanto.

— E você desejou ser como Petruchio e me domar?

— Certamente, até você me beijar e eu descobrir que estava a seus pés.

Jogou a cabeça para trás e gargalhou.

Aproximei-me e passei a mão por sua nuca, puxando-a para um beijo cheio de paixão.

Deixei que minha língua percorresse todos os cantos da sua boca e ela gemeu em meus braços. Desejei não ter inventado a ideia de ir ao baile e ter ficado com ela em casa, nua, na minha cama.

Estávamos demasiadamente caseiros nos últimos tempos e recusando convites, porque o nosso mundo já era completo e a sociedade só trazia regras que não estávamos dispostos a compartilhar.

Quando nos afastamos, ela falou:

— Você sabe que, se nos vissem, eu seria o assunto de todos pela manhã, não sabe?

Assenti sorrindo.

— Por isso devemos ir para nosso lar. Não desejo mais esses eventos que ridicularizam as mulheres.

Ela levantou a mão e tocou meu rosto de forma carinhosa.

— Achei que você quisesse ver o sol nascer, como da última vez.

— Da última vez, eu vivia na escuridão. Agora tenho um sol próprio que me aquece e me ilumina. Não preciso mais esperar por nada.

Dessa vez foi ela que colou seus lábios nos meus.

— Preciso lhe confessar um segredo — falou quando nos afastamos.

— Nossa, uma confissão sob a luz do luar? O que seria? — perguntei curioso.

Ela pegou minha mão e foi descendo até colocá-la sobre o seu ventre.

— Isso é sério? — perguntei desconcertado.

— Sim! — falou sorrindo enquanto lágrimas se formavam nos seus olhos azuis. — Tenho certeza. Deve nascer no fim do inverno.

Abaixei meu rosto até encostar minha testa na sua e deixei que as lágrimas de emoção me tomassem.

— Obrigado por me dar tanto. Eu te amo, minha Ana Elizabeth.

Puxei-a para um abraço e olhei para o céu que começava finalmente a clarear com os primeiros raios de sol da manhã.

Mas isso não importava mais, pois a noite que me regeu tanto tempo tinha perdido o espaço para o sol da minha vida, Ana, a mulher que mudou tudo!

Uma Lua de Amor

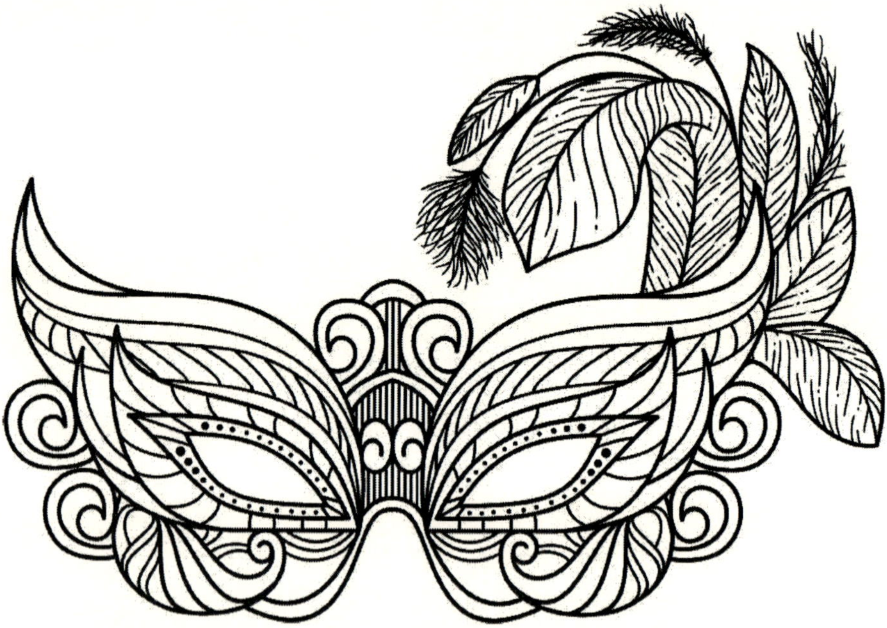

Prólogo

Sempre achei aquele castelo sombrio. Parecia não haver vida por ali. As longas paredes que se erguiam e se misturavam ao céu cinzento daquela manhã mostravam marcas do tempo e acumulavam lodos das chuvas de inverno que eram contentes e se impregnavam entre elas. Parecia não haver zelo pelo local. Ou talvez fosse estratégico, pois o homem que ali habitava, com seu nome importante, parecia gostar da fama que lhe precedia: o homem mal de Londres.

Eu me perguntava se estava fazendo a coisa certa, mesmo sabendo que nada de bom seria proveniente daquele acordo. Mas minha mente me lembrava de que eu não tinha muitas opções e a vingança que eu tanto desejava gritava dentro de mim.

Subi uma longa escadaria, acompanhado do seu lacaio que não me levava à parte principal do castelo, mas sim a um local alto nos fundos da construção, que logo me dei conta ser uma espécie de torre escondida por tantos muros que ali se erguiam, no castelo mais antigo da região.

O lacaio empurrou a pesada porta de madeira que ringiu ao ser aberta e lá estava o Marquês de Hereford de braços cruzados esperando-me. Senti um arrepio ao entrar naquele lugar, talvez pela pouca iluminação que entrava no cômodo ou pelo seu olhar frio.

Seus olhos negros, sua barba por fazer que não condiziam com sua posição, seus cabelos escuros caindo na testa e a cicatriz que cortava sua bochecha não eram traços de um homem amigável. Joan nunca era amigável!

— Sem mais delongas, receio que já saiba o motivo de estar aqui hoje — falou sem rodeios.

Assenti.

— Conhece Isabel Cavendish, filha mais velha do duque de Cavendish?

Arqueei as sobrancelhas. Não se deveria mexer com famílias que tinham tanto poder como aquela. Sua palavra tinha poder na câmara dos lordes e muitos diziam que um olhar para o rei tinha poder sobre as leis. E, quando o assunto era suas duas filhas, ele não media esforços para protegê-las.

Muitos diziam que Isabel quase tinha convalescido no ano anterior e que ele chegara a buscar recursos em muitos países. Então me lembrei de Sarah, a mulher doce que tanto amei, a filha mais nova do duque de Cavendish. Lembrei-me da tristeza, da dor que senti e de como fui idiota ao ser enganado por uma jovem como ela.

Eu tinha apostado tudo nela! Meu dinheiro e a minha vida! Agora lá estava eu tentando arruinar sua família, vingar-me de todos e ainda recuperar o dinheiro de que eu tanto precisava.

— A filha mais jovem deve debutar esse ano, então quero acertar meu casamento com a mais velha antes disso. Mas dizem que é uma romântica incurável, portanto ando interceptando suas cartas e indo a fundo nessa conquista. Um homem como eu, com a fama que me precede, não terá chances nessa conquista, a não ser que no meio do caminho, quando ela regressar da casa de campo onde se recupera, seja raptada.

Engoli em seco, imaginando meu papel nessa história horrenda.

— Serei o herói a encontrá-la antes de sua chegada a Londres. — Ele virou-se abruptamente, dando-me as costas. — E você será o bandido. Garantirá que ela sofra nos dias em que estiver em sua posse, para que o resgate seja inesquecível. E o pai, para abafar o escândalo, aceitará nosso casamento. Ela já passou da idade de se casar e ele se preocupa com a reputação da mais nova, que vai debutar.

Um sorriso perverso surgiu no seu rosto.

— Diga-me quando e onde — falei por fim, entregando-me àquilo que me fazia pensar se eu estava indo para o caminho certo.

Vingança! Foi a palavra que veio à minha mente! Eu precisava dela para continuar e também do dinheiro.

— A última carta que recebi dizia que ela partiria daqui a uma semana e seria levada por uma carruagem da família até a casa do pai em Londres. Você irá abordá-los armado, garantir que sua dama de companhia e o cocheiro fiquem amarrados para não o seguirem e deverá viajar por um caminho alternativo até Londres. Não vá pela estrada principal. Isso deve demorar mais de uma semana e eu os encontrarei na entrada leste daqui a nove dias. Faça de tudo para não atrasar. Estarei no cavalo como um príncipe com que ela sonha e você será rendido por mim em uma encenação de luta, dando-me o mérito da vitória.

— Ela pode ficar desonrada quando souberem que ficou dias em uma carruagem sozinha com um homem.

Ele balançou a mão com desdém.

— Não importa. Isso me favorece novamente. Ela não terá opção a não ser aceitar minha corte.

Estendeu-me um papel.

— Nesse mapa, está o local exato da casa de campo que Isabel está hospedada. Vá para lá hoje mesmo e, assim que chegar, vigie sua partida. Precisa ser rude. Ela será sua prisioneira, e não sua hóspede. Só a alimente o necessário para que sobreviva, mas a prive de água até que implore.

Abominei o que ouvia.

— Joan, você pode ter tantas outras mulheres. Por que ser tão cruel? — indaguei-o.

— Não procuro uma mulher. Procuro poder. Quando me inclinar a mulheres, vou a um prostíbulo. Esposas são como um pesado e grande saco de dinheiro. Você precisa carregá-los, como um fardo necessário — respondeu-me, sorrindo cinicamente.

Meu estômago se embrulhou diante do seu comentário. Era horrendo.

— Devolverei todas as suas terras que estão em minha posse quando me entregá-la.

Eu nunca imaginei que precisaria vender minha alma ao diabo. Pensei com pesar que Joan não era pior que eu, afinal meus planos eram muito mais horrorosos que os seus.

Ele era somente um meio para que eu conseguisse me vingar, mas nunca lhe entregaria Isabel. Ela seria minha!

Aproveitaria seu plano para passar os nove dias com ela, dentro de uma carruagem, e, quando finalmente a corrompesse, voltaríamos para Londres.

Seu pai não teria opção a não ser aceitar meu casamento com a filha, dando-me seu dote, que diziam ser o maior já ouvido falar. Eu estaria recuperado financeiramente. Teria muito mais propriedades que antes, pois várias vinham incluídas nesse dote. E ainda teria minha vingança! Sarah nunca esqueceria o que me fez passar e teria que conviver comigo para sempre na família.

Era o plano perfeito! Contra Sarah e contra Cavendish, que tanto espalhou por Londres que eu não era homem suficiente para casar com sua filha.

Agora eu me casaria não com Sarah, mas com Isabel, sua protegida, sua preferida!

Abri um sorriso de satisfação enquanto apertava a mão de Joan.

Ele tentaria me matar quando descobrisse, com toda certeza. Entretanto, depois eu me acertaria com ele.

Finalmente eu poderia seguir minha vida. Em breve, estaria com a nobreza novamente, mas a nobreza não andaria comigo!

Agradecimentos

Meu primeiro agradecimento é sempre a ele, Deus, minha força e fortaleza, o responsável por me ajudar a realizar todos os meus sonhos.

À minha família que sempre, sempre me apoia e me ajuda em tudo. E que, mesmo não gostando de ler meus romances fantasiosos, tem orgulho em dizer que sou escritora. Amo vocês demais!

Ao meu raio de sol, Ana Liz. Filha, você só tem 3 anos, nem sabe ainda ler esses agradecimentos, mas, quando crescer, vai ler e saberá que é a força que motiva a minha vida. Eu te amo tanto que nem sei explicar.

À The Gift Box, essa casa editorial que sempre, sempre esteve ao meu lado. Se tenho hoje minhas histórias lidas por tantas pessoas, é graças a todo o time da editora e à Roberta, que sempre me abriu as portas.

Um obrigada especial à Patrícia Oliveira, que faz as revisões dos meus livros em tempo recorde e me ajuda a cumprir os prazos que sempre são curtos!

Meu muito obrigada à Cristina Melo, minha melhor amiga e dona dos livros mais maravilhosos que conheço. Eu te amo, amiga!

Minha eterna gratidão a todos os meus leitores, que sempre me acompanharam quando escrevia somente romances contemporâneos e que ainda continuam por aqui. E aos meus fãs de romances de época, que tanto acolheram essa minha nova paixão.

Obrigada também à Anne do Fantástico Mundo de Anne, o blog literário que faz tanto pela literatura nacional e faz tanto por mim!

Meu muito obrigada a todos os outros blogs também que sempre compartilham meu trabalho. Não daria para colocar todos aqui.

Obrigada com muito amor ao meu marido, que tanto me ajuda e me acompanha nessa jornada. Eu te amo, muito, infinitamente.

Eu desejo que esse livro tenha trazido calor ao coração de vocês, assim como trouxe ao meu, e que ele possa ser sol em vossas vidas.

Beijos e até breve!

The GiftBox
EDITORA

A The Gift Box é uma editora brasileira, com publicações de autores nacionais e estrangeiros, que surgiu no mercado em janeiro de 2018. Nossos livros estão sempre entre os mais vendidos da Amazon e já receberam diversos destaques em blogs literários e na própria Amazon.

Somos uma empresa jovem, cheia de energia e paixão pela literatura de romance e queremos incentivar cada vez mais a leitura e o crescimento de nossos autores e parceiros.

Acompanhe a The Gift Box nas redes sociais para ficar por dentro de todas as novidades.

🏠 www.thegiftboxbr.com

f /thegiftboxbr.com

📷 @thegiftboxbr

🐦 @GiftBoxEditora